JN061381

シャーロック・ホームズが見た世界

古絵葉書で甦るその時代

田中 喜芳

Sherlock Holmes:
Cities in the Canon

言視舎

目次

はじめに

　誰もが一度くらいはシャーロック・ホームズ（Sherlock Holmes）の名前
を耳にしたことがあるだろう。英国の作家アーサー・コナン・ドイル（Arthur
Conan Doyle:1859年〜1930年）が生み出した世紀の名探偵は、架空の人物
ながら、今やその存在感は歴史上の人物たちに勝るとも劣らないものとな
った。一例をあげれば、2008年に英国のテレビ局が約3000人を対象に行な
った調査では、6割弱の人がシャーロック・ホームズは実在の人物だと信
じているとの結果が出たという。この結果を見ると、回答者がどこまで本
気で答えているのかいささか疑問も残るが、それでもホームズ人気の高さ
を示す一例にはなろう。さらにホームズは世界中に‘シャーロッキアン
（Sherlockian）’と呼ばれる彼の熱烈なファンや研究者を生み出した。
　ホームズと相棒のワトスン医師が、その姿を初めて読者の前に現したの
は1887（明治20）年11月に発売された年刊雑誌「ビートンのクリスマス・
アニュアル」に掲載された《緋色の習作（または緋色の研究)》という長編
小説においてだった。以来、世界各地で130年余にわたり読み継がれている
長短あわせて計60編のシャーロック・ホームズ・シリーズ（以後、便宜的
に「ホームズ物語」と呼ぶ）は100以上の言語に翻訳され、今や『聖書』に
次ぐベストセラーといわれるまでになった。ちなみに、ドイル以外の作家
が書いたホームズ・パスティーシュ（作風模倣作品）やパロディと区別す
るため、我われシャーロッキアンはドイルが書いた「ホームズ物語」をキ
ャノン（Canon:正典または聖典）と呼ぶこともある。

「ホームズ物語」の魅力は何かと問われれば、まず誰もが指摘するのは、ホームズの卓越した推理力と行動力で難事件を次々と鮮やかに解決するその醍醐味だろう。派手なアクションやどんでん返しこそないが、冒険と浪漫に満ちたストーリー展開は、読者に彼らと一緒に難事件に挑戦しているかのような錯覚さえ与える。ホームズとワトスンの男の友情も見逃せない大きな魅力の一つだ。じっさい、欧米のシャーロッキアンの間では“「ホームズ物語」は男の友情の教科書”と呼ばれているほどだ。

　そして、もう一つ忘れてならないのは、読者は「ホームズ物語」を通じてヴィクトリア時代の英国やヨーロッパ大陸、はては米国やスイスまで、さまざまな場所へとタイムスリップできることではないだろうか。「ホームズ物語」には実在・架空の場所を含めて約50ヵ国、500ヵ所ほどの地名が登場する。事件現場はもとより、手掛かりを求めてホームズが訪れた場所はなにも英国内だけにとどまらない。いわゆる事件現場ではないが、ホームズが宿敵モリアーティ教授と死闘を演じたのはスイスのライヘンバッハ（英語読みではライケンバック）滝であったし、その後の失踪期間、シャーロッキアンが「空白の３年間」と呼ぶ期間に、彼はチベットのラサやエジプトまで訪れたと後にワトスンに語っている（《空き家の冒険》）。

　一方、「ホームズ物語」には貧しき庶民からボヘミア国王まで、じつに1000人を超えるさまざまな階級の人々が登場する。彼らが暮らす場所や出身地も多岐にわたっているが、単に会話の中だけに登場する地名、あるいは実在や架空の施設名までをも含めると、これはもう時空を超えてローマ時代にまで話がおよぶというスケールの大きさだ。

本書は、それら「ホームズ物語」に出てくる場所や施設を古い絵葉書で紹介し、事件の背景となったまちの雰囲気を視覚から感じてもらおうという趣向だ。絵葉書ゆえ正確な撮影年が不明で、これを記せないのはお許しいただきたい。また、そのものずばりではなくイメージ写真として採録したものもあることをあわせてご了解いただきたい。ホームズとワトスンが下宿し探偵事務所を構えた場所はロンドン、ベイカー街221Bだ。家主であるハドスン夫人のフラット（日本ではマンションのイメージ）の一部を住居兼事務所として探偵業を営んだのは1881（明治14）年から1903（明治36）年までの約20年間になる。じつは、この建物番号自体、今も昔も実在したことがない。つまり「ベイカー街221B」そのものが架空の場所なのだ。

　探偵業引退後の1914（大正3）年、当時、ホームズは英国サセックス州イーストボーンにある一軒家で養蜂を楽しみながら悠々自適の生活を送っていた。そして、まさに第1次世界大戦が始まろうという前の晩には再びワトスンと組み（《最後の挨拶》）、ドイツのスパイ、フォン・ボルクを捕まえる活躍をしている。

　本書で取り上げた絵葉書の写真はヴィクトリア朝時代のものを中心に新しい時代のものも多く含む。それでもホームズの見た風景、彼が活躍した頃の世界各地の雰囲気は感じていただけるものと確信している。さあ、それでは、これから読者の皆さんと一緒に、絵葉書を通じて、冒険とロマンにあふれたシャーロック・ホームズ冒険の世界へと旅立とう。

A STUDY IN SCARLET

緋色の習作

"He examined with his glass the word upon the wall, going over every letter of it with the most minute exactness."

「ビートンのクリスマス・アニュアル」に掲載されたD.H.フリストンによる挿し絵

ロンドン大学、ネットリー陸軍病院

　1878年にロンドン大学で医学博士の学位を取得した私（ワトスン）は、軍医になるための課程としてネットリー陸軍病院へと進んだ。そこでの課程を修了すると、順当に第5ノーサンバーランド・フュージリア連隊に軍医補として配属になった。　　　　　　　　　　　　　　**《緋色の習作》**

ユニヴァーシティ・コレッジ（ロンドン）

ロンドン大学（University of London、ロンドン）　《緋色の習作》《入院患者》に登場
オックスフォード大学、ケンブリッジ大学に次ぐ第3の大学として首都に誕生。本拠はブルームズベリーにある。1826年、急進主義者、非国教徒、功利主義者らによりユニヴァーシティ・コレッジが設立され、2年後の1828年、彼らに対抗する国教派の人々によりキングズ・コレッジが設立された。1836年に国王の勅許状により、両コレッジの学生らに試験実施後、学位を授ける機関がロンドン大学の名のもとに設立され、1878年には英国で初めて女性に学位を授与した。研究・教育機関としてのロンドン大学が新たに発足したのは1900年のことだった。

ROYAL VICTORIA HOSPITAL, NETLEY

ロイヤル・ヴィクトリア陸軍病院（英国）

ネットリー陸軍病院(Netley Hospital、英国) 《緋色の習作》に登場

正式名はロイヤル・ヴィクトリア陸軍病院。1856年に起工し、約84億円の巨費と7年の歳月をかけて1863年3月11日に病院が始動した。病院誕生に大きな貢献をしたのがナイチンゲールだった。第1次世界大戦中の1914年12月、日本赤十字社はここへ鈴木次郎海軍軍医大監をはじめ、医員、看護師（当時は看護婦）など20余名を「英国派遣救護班」として派遣。1901年には病院の裏側に直結する鉄道が敷かれ、傷病兵搬送の利便性が向上した。病院施設は1966年に解体され、現在は一部教会部分（資料館）を残すのみとなっている。広大な跡地はロイヤル・ヴィクトリア・カントリー・パークとして市民に親しまれている。ワトスンは《緋色の習作》の中で、軍医になるための課程として、ここで訓練を受けたと書いているが、ドイルがこの病院を物語中に登場させたのは、1880年代、ここの軍医だったジョージ・エバットと「ポーツマス文学・科学協会」で同じ会員だったことが、その理由といわれる。

ボンベイ

当時、（ワトスン医師が配属された）連隊はインドに駐屯していた。私（ワトスン）が合流する前に第2次アフガン戦争が勃発した。ボンベイに到着すると、我が連隊は山道を分け入って進軍し、すでに敵地深くに入っていることを知った。私は同じ立場にある多くの将校とともに後を追い、無事カンダハルにたどり着いた。そこで我が連隊を見つけると、すぐ新しい任務に就いた。（ワトスンの記述） 　　　　　《緋色の習作》

ボンベイ（マラバー・ヒルからの眺め：インド）

第2次アフガン戦争
1878年から80年にかけてイギリスがアフガニスタンを保護国化するために起こした戦争。「アフガン戦争」はこのほか、第1次（1838〜42年）、第3次（1919年）と、19世紀後半から20世紀初頭まで3回勃発した。

ボンベイ（フローラル噴水とホーンバイ通り：インド）

ムンバイ〔旧ボンベイ〕（Mumbai、旧 Bombay、インド） 《緋色の習作》に登場
西部に位置するインド最大の都市。公式名称が「ボンベイ」から、現地語であるマラーティー語の「ムンバイ」に変更されたのは1995年。都市としての歴史は1534年にポルトガルがここを入手した時に始まった。当時は７つの島に漁村が点在するだけだったが、1661年にポルトガル王女が英国王チャールズ2世に嫁いだ際、持参金の一部として英国に譲渡された。支配権が英国へ移ると、７島は本土と陸続きに整備され、現在の市の中心部となっている。整備された旧ボンベイはヨーロッパに最も近い港町としてインドの玄関口の役割を担った。その後も植民地インドにおける西部の拠点として発展し、インド独立後も経済の中心地として発展した。

ポーツマス

何カ月も絶望的な状態が続いたが、やっと意識が戻り快方へと向かった、体が衰弱しきっていたので医務局は私（ワトスン）を１日も早く帰国させることに決めた。私は軍用輸送船「オロンテス号」に乗せられ１カ月後にはポーツマス桟橋に上陸した、回復が難しいと思うほど損なわれた健康状態だったが、今後９カ月間を健康回復に費やしてよいという、父なる政府の許可をもらっていた。　　　　　　　　　　　　　　《緋色の習作》

ポーツマス（海軍の兵舎：英国）

ポーツマス（Portsmouth、英国） 《緋色の習作》《最後の挨拶》に登場

イングランド南部、イギリス海峡に面した海浜リゾート地として知られる。英国を代表する海軍基地で王立造船所もある。ここで造船が始まったのは15世紀末で、1698年に王立造船所の施設は大幅に拡大された。1805年のトラファルガー海戦において、ホレーショ・ネルソン提督の戦艦ヴィクトリー号はここから出帆した。南岸のサウスシー地区は、今日、観光で栄えている。コナン・ドイルが初めて医院を開院したのは、ここのサウスシー地区、ブッシュ・ビラ1番だった。また小説家チャールズ・ディケンズ（1812-70）誕生の地でもある。

聖バーソロミュー病院

この結論（ホテルを引き払って、もっと安い下宿に住むこと）に達した日、クライテリオン酒場の前に立っていると、誰かから肩をたたかれた。振り返って見ると、聖バーソロミュー病院で私の手術助手をしていたスタンフォード君だった。（ワトスンの記述）　　　　　　　　《緋色の習作》

聖バーソロミュー病院（西側入口：ロンドン）

聖バーソロミュー病院（St Bartholomew's Hospital、ロンドン）《緋色の習作》に登場

バービカン・センターとセント・ポール大聖堂に近く、附属医学校も有した英国最古の病院。通称は「バーツ（Bart's）」。《緋色の習作》の冒頭でシャーロック・ホームズとワトスン医師の出会いの場として登場する。現在の病院施設は1730年から59年にかけて中庭を囲む「ロ」の字型の建物に改築されたもの。1791年には解剖学・生理学・外科学の担当教授だったスコットランド人医師ジョン・アバーネシー（1764-1831）のため講堂が新築され、1822年には大解剖室も造られた。アバーネシーは、1839年に、甘みがあって消化がよく、病気の予防にもなる「ダイジェスティブ（消化性）ビスケット」を考案した二人のスコットランド人医師の一人。1892年には彼自身の名前をつけた「アバーネシー・ビスケット」が大量生産されるようになった。附属医学校は1900年にロンドン大学のコレッジの一つに編入され、内科と外科に常任の専門家チームをロンドンの医学校で最初に導入した。

13

フランクフルト、ブラッドフォード

「昨年、フランクフルトでフォン・ビショフ事件がありました。もし、この試薬があったら彼（フォン・ビショフ）は間違いなく絞首刑になったことでしょう。それから、ブラッドフォードのメースンや悪名高いマラー、モンペリエのルフェーブル、ニューオリンズのサムスンもいます。この試薬が決定的役割を果たしたであろう事件なら、たくさん挙げられます」（ホームズ）

《緋色の習作》

Frankfurt a. M. Alte Brücke (neu erbaut 1914-26).

フランクフルト（1914年から26年にかけて再建されたアルテ橋：ドイツ）

フランクフルト（Frankfurt、ドイツ） 《緋色の習作》に登場

ドイツ中部、マイン川下流に位置し「ヨーロッパ大陸の十字路」といわれる交通の要所。1522年の宗教改革時、改革先導者ルターの弟子がこの地で初めて説教を行なったことから市民の間にプロテスタントが多い。33年にはカトリックの公的活動が禁止されたが、1555年の「アウグスブルク宗教会議」でカトリック教徒とプロテスタントの混在地となった。オランダやイングランドから多数の宗教的亡命者が移住してきて、手工業や商業が活発化した。1585年には両替や貨幣相場を行なう取引所が設置され、金融都市フランクフルト発展

の礎となった。1700年代後半にはフランスの占領で被害が出るが、復興しインフラ整備が行なわれた。19世紀末から20世紀初頭にかけて工業・商業都市として大きく発展した。

ブラッドフォード（Bradford、英国） 《緋色の習作》に登場
イングランド中部、ウエストヨークシャー州の都市でエア川支流沿いに位置する。13世紀頃の市場町から発展した。14世紀には羊毛取引と羊毛加工業で発展し、リーズ市と並ぶ羊毛工業や羊毛取引の中心地として繁栄した。産業革命期には毛織物機械工業の先駆け都市になり、英国最大の近代的羊毛工業都市として急激に発展した。現在はウーステッド織物を中心にモヘア、化学繊維の生産も多く、あわせてブラッドフォード羊毛取引所は世界の羊毛取引の中心地の一つとなった。

石切り場から見たブラッドフォード・オン・エイボン（英国）

ストランド街

「宛名は」（ホームズ）
「ストランド街のアメリカ両替所の留め置きになっています。2通ともガイオン汽船会社からのもので、リバプールから出航する船について書かれています。この不運な男がニューヨークに帰るつもりだったのは明白なようです」（グレグスン警部）　　　　　　　　　　　　　《緋色の習作》

ONDON: CHARING CROSS & STRAND

チャリング・クロスとストランド街（右手前に両替所が見える：ロンドン）

ストランド（the Strand、ロンドン） 《入院患者》《高名な依頼人》《バスカヴィル家の犬》など8事件に登場

トラファルガー広場の東端からフリート街に通じる繁華街で「川岸、岸辺」を意味する言葉「ストランド」が道路名になった。通りがテムズ川の岸にあったのが理由という。テムズ川は13世紀頃から司教や貴族が屋敷を建てるため次第に川岸を埋め立てた。ストランド街の由緒ある建物といえば、10世紀後期から11世紀初頭に建立されたセント・クレメント・デインズ教会と12世紀建立のセント・メアリ・ル・ストランド教会の二つだ。ストランドは1830年代に著名建築家のジョン・ナッシュがチャリング・クロス・ホテルやサボイ・ホテルを手掛けたことで急激に発展した。19世紀初頭には高級レストラン「シンプスンズ・イン・ザ・ストランド」が開業し、ホームズ・シリーズを連載した「ストランド・マガジン」の版元であるジョージ・ニューンズ社も、ヴィクトリア時代後期にストランドに本社ビルを構えた。大通り沿いの142番地には1851年から2年間、作家のジョージ・エリオット（1819-1880）が住んだほか、近くの162番地にあったコーヒー店「サマセット」は作家・法律家のジェイムズ・ボズウェルが常連客だった。

コペンハーゲン

「『ドレッバーさんは３週間ほど私どもの宿に滞在されました。あの方と
秘書のスタンガスンさんは、それまでヨーロッパ大陸のほうを周られて
いたようです。どのトランクにもコペンハーゲンのラベルが貼ってあり
ましたので、そこがロンドンに来られる前の滞在地だと分かりました』」
（グレグスン警部の聞き込みに対する、シャンパルティエ下宿の女主人の
説明）   《緋色の習作》

コペンハーゲン（産業ビル、ラードハウス、パレス・ホテル：デンマーク）

コペンハーゲン（Copenhagen、デンマーク）《緋色の習作》に登場

デンマーク王国の首都。デンマーク語では「ケーベンハウン」という。「商人の港」を意味
する。デンマーク本土で一番大きいシェラン島の東部に位置し、ヨーロッパ大陸と北欧と
を結ぶ水陸両交通路の十字路として発展した。1167年に「ストランドホルム」と呼ばれた
砂州（現スロットホルム地区）の上にロスキレ大聖堂のアブサロン司教が砦を築いたのが
コペンハーゲンの起こりという。1254年に都市権が認められ1417年に首都となった。16
世紀半ばに城壁と堀で守られていた中心部は、中世以来の屈曲した道路形態を今も維持し
ている。18世紀中頃に旧市街の北部に接して新市街が建設された。新市街は旧市街の曲が
りくねった道路形状とは異なり直交する形状となっている。

ネヴァダ

> 「あの若者には見込みがあるうえキリスト教徒だ。いくらお祈りや説教を
> していても、ここらの男どもよりよっぽどいい。明日、ネヴァダに向か
> う一隊がある。何とか頼んで手紙を持っていってもらい、この苦境を伝
> えよう。あの若者が父さんの思っているとおりの人物なら、電信にムチ
> を打った速さで戻ってくるだろう」（ジョン・フェリア）　　《緋色の習作》

ネヴァダ砂漠（米国）

ネヴァダ州（Nevada,State of、アメリカ合衆国）　《緋色の習作》に登場

アメリカ合衆国西部の州。「ネヴァダ」はスペイン語で「雪に覆われた」の意味。州の西側
にそびえるシエラネヴァダ山脈に由来する。銀の産地であることから「シルバーステート」
とも呼ばれる。ここにヨーロッパからの移民が入植した1770年代まで、ネヴァダにはプエ
ブロ族の末裔が定住していた。19世紀には毛皮目的でビーバーを獲る猟師がシエラネヴァ
ダ付近まで入り込み、後に、彼らはカリフォルニアへ向かう移民たちや鉄道建設測量隊の
ガイドの仕事をした。ヨーロッパ系移民の最初の定住地は1851年にモルモン教徒たちがジ
ェノアに設けた「モルモンステーション」といわれる。ここはカリフォルニアの金で一山
当てようとする移住者たちに馬や食料を供給するための基地となった。1859年にはコムス
トック銀鉱山が発見され人口が急増、2年後の1861年にネヴァダはユタ準州からネヴァダ
準州として分離し3年後にカーソンシティを州都としてアメリカ36番目の州となった。ア

メリカ独立後、ネヴァダ州の景気は銀など鉱物資源の価格に大きな影響を受けた。1860年代前半、ネヴァダ州は莫大な富を生む銀採掘に沸き、その後も新たな鉱脈が発見されるたび砂漠に急ごしらえの町ができたが、鉱脈が枯渇すると町もゴーストタウン化した。世界最大級だったコムストック鉱山も19世紀末までに衰退した。20世紀初頭には州内で新たに大規模な金鉱や銀鉱が発見され、一時、採掘ブームに沸いたが、これらも第2次世界大戦が始まる頃までにほぼ枯渇して閉山となった。

パリ、コペンハーゲン

彼（ジェファースン・ホープ）がサンクト・ペテルブルクに着くと彼ら（イノック・J・ドレッバー、ジョセフ・スタンガスン）はすでにパリへ向けて発っていた。二人を追ってパリに着くと、今度はコペンハーゲンへ発った後だった。この、デンマークの首都でもまたもや数日遅かった。というのも彼らはロンドンへ向けて発ってしまっていたからだ。そして、ついにロンドンで追い詰めるのに成功した。　　　**《緋色の習作》**

292.- PARIS.- Le Jardin des Tuileries.- Vue prise du Pavillon de Marsan.

パリ（パヴィヨン・ド・マルサンから眺めたチュイルリー公園：フランス）

パリ（Paris、フランス） 《ウィステリア荘》《最後の事件》《第二の血痕》など7事件に登場

フランス共和国の首都。パリ市街地は盆地の中でも一段とすり鉢状になった区域に発達した。今日のパリ市の行政域が確立したのは1860年。ナポレオン3世とセーヌ県知事オスマンのパリ大改造事業に伴い市域が拡張された。既存の12行政区を廃止し、20行政区が設置された。19世紀前半のパリは中世以来の狭小な街路と小区画の家屋が数多く見られ、高い人口密度と不衛生な状況だった。これを重く見たナポレオン3世は直線状の道路を造り、その下に上下水道を敷設。道路建設のためスラム化した家屋が解体され、跡地にはオスマン様式と呼ばれる統一されたアパルトマンが立ち並んだ。こうして、現在のパリの特色をなす都市景観が誕生した。

コペンハーゲン（アマリエンボー宮殿：デンマーク）

ウォータールー橋

「私はえらく接近して追い続けたので、自分の馬の鼻先が相手の馬車の御者から1ヤード（91.44センチ）と離れていないほどでした。ウォータールー橋をガラガラと音をたてて渡り、何マイルか通りを進むと、驚いたことに、やつが下宿していた（トーキー）テラスの裏側に着いたではありませんか」（ジェファスン・ホープ）

《緋色の習作》

WATERLOO BRIDGE AND SOMERSET HOUSE. LONDON

ウォータールー橋とサマセット・ハウス（ロンドン）

ウォータールー橋（Waterloo bridge、ロンドン） 《緋色の習作》《オレンジの種五つ》に登場
テムズ川のヴィクトリア川岸通りと対岸のウォータールーとを結ぶ橋。初代の橋はジョン・レニーの設計、1811年から6年の年月をかけて1817年に竣工した。9連アーチで橋長は420メートル、幅は38メートルだった。当初は「ストランド橋」と命名される予定だったが、橋が完成する直前にナポレオン戦争で勝利したウォータールーの戦いを記念して「ウォータール橋」に変更された。開通当初は民間会社の所有で1877年まで通行料をとった。1878年にロンドン建設局へ47万5千ポンドで譲渡された。現在の橋は1945年に架橋された。

ローマ

「（事件に）手をつけた時に、こうなると言わなかったかい」ホームズは笑いながら叫んだ。「これが、我われの《緋色の習作》事件の結果なのだ、あの二人に表彰状を与えることになったというのがね」
「いいじゃないか」私（ワトスン）は答えた。「事実は全部記録してある。いずれ世間の人たちも分かるさ。それまでの間、成功したのだと思って

満足していれば。ローマの守銭奴もラテン語でこう言っているよ『世間は私を非難するが、私は金庫の金貨を眺めて満足する』とね」

《緋色の習作》

ローマ（ナツィオナーレ通りの絵画館：ローマ）

ローマ（Roma、イタリア） 《株式仲買店員》《緋色の習作》《ウィステリア荘》に登場

イタリアの首都。イタリア最大の都市で政治・経済・文化の中心。宗教都市でもあり、1929年以降、大聖堂を含む教皇庁の所在地域はローマ教皇を主権者とするバチカン市国として世界最小の独立国家となった。18世紀末から19世紀初頭にかけてナポレオンの侵攻を受けた際、教皇ピウス6世、ピウス7世は亡命を余儀なくされた。ウィーン会議で回復されたが都市は荒廃し、1849年2月2日にリソルジメント（イタリア統一運動）指導者のマッツィーニによりローマ共和国が建国された。フランス軍は依然駐留を続けたが1861年にイタリア王国が宣言された。これに伴いローマの合併問題が重要課題として浮上した。フランス軍撤退後の1870年9月20日、世論に押された王国軍がポルタピアから進駐し、10月の住民投票で圧倒的賛成多数を得てローマはイタリア王国に合併された。この結果、世俗権力を失った教皇は1929年2月11日のラテラノ協約でイタリア王国と和解。ローマは中世から近世にかけては比較的小規模な都市だったが、19世紀後半、イタリア王国への合併で首都になったことから都市の規模が拡大した。ホームズの時代、1870年の人口は約20万人だったが、地方からの移民や第2次世界大戦後は南部諸州からの移民が大量に移り住み、現在のような大規模な都市へと成長した。

THE SIGN OF FOUR

四つのサイン

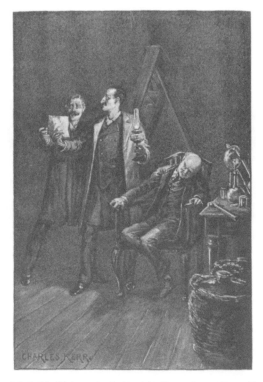

" *In the light of the lantern I read, with a thrill of horror, 'the sign of the four.'* "

『四つのサイン』（初版本）に掲載されたチャールズ・カーによる挿し絵

女子の寄宿学校

「父はインドのある連隊の将校でしたが、私がまだほんの子どもの頃、父は私を本国へ送り返しました。母はすでに亡くなっておりイギリスに親戚もおりませんでした。そこで、エディンバラの居心地のいい寄宿学校に入れられまして、そこに17歳になるまでおりました」

（メアリー・モースタン）　　　　　　　　　　　　　　　　《四つのサイン》

ベッドフォード女子大学の寮（ロンドン）

女子の寄宿学校（写真は Bedford College for Women, The Residence のもの）
《四つのサイン》でモースタン嬢はエディンバラの寄宿学校へ入ったという設定になっている

イメージ写真として掲載したのはベッドフォード・コレッジ（ロンドン）のリージェンツ・パークにあった学生用住宅。ここは同コレッジが1908年に借り受け、バジル・チャンプニーの設計を基に建設された。1913年の竣工時にはクイーン・メアリーの手でオープンされた。ベッドフォード・コレッジは1849年に英国で初の女性向け高等教育コレッジとして創設。創設者は社会改革家で奴隷反対運動の活動家であったエリザベス・ジェッサー・レイド。彼女と教育のある友人たちは女性教育改善の必要性を固く信じていたので、ロンドンのブルームズベリー地区、ベッドフォード・スクエア47番に家を借り「レディース・コレッジ・イン・ベッドフォード」を創設した。第1期の学生は68名だったという。コレッジは発展を重ね、1900年にはロンドン大学を構成するコレッジの一つに位置づけられた。

エディンバラ（プリンセス・ストリート・ガーデン：英国）

エディンバラ（Edinburgh、英国）《四つのサイン》に登場

スコットランド南東部、フォース湾に面する港湾都市でスコットランドの首都。「北のアテネ」と呼ばれる。19世紀には伝統的産業の醸造・蒸留業、印刷業や、新興のゴム製造業などが発展した。1840年代にロンドンからエディンバラまで鉄道が開通したことで市街地を中心に商業が発展した。19世紀後半にはロンドン―スコットランド間を結ぶ旅客列車の時間短縮競争が鉄道会社間で起き、1887年から88年にかけてはロンドン‐エディンバラ間の所要時間が1時間以上も短縮された。「ホームズ物語」の作者アーサー・コナン・ドイルはこの地で1859年5月22日に生まれた。アーサーの父チャールズはエディンバラ建設院に勤務する建築職の公務員だったが、本来は画家志望だった。しかし、その夢は叶わずアルコール依存症になった。ドイル家が経済的に苦しくなったことに伴い、アーサーを含むドイル一家は市内を転々としている。①1859年（誕生）–1862年（3歳）：ピカディ・プレイス11番②1862年（3歳）–1864年（5歳）：タワー・バンク3番、ポートベロ③1864年（5歳）–1866年（7歳）：サイエネス・ヒル・パーク④1866年（7歳）–1868年（9歳）：リバトン・バンク・ハウス⑤1875年（16歳）–1877歳（18歳）：アーガイル・パーク・テラス2番⑥1877年（18歳）–1881年（22歳）：ジョージ・スクエア23番⑦1881年（22歳）：ロンズデール・テラス15番。このうち④番のリバトン・バンク・ハウスはアーサーの母メアリーの知り合いでスコットランドの女性社会改革者・慈善家として知られたメアリー・バートンの家だ。アーサーは近くのニューイントン・アカデミーに入学するため、ここに預けられた。本当の理由はアルコール依存症の父から少しでも離しておきたい母親の苦肉の策であった。ニューイントン・アカデミーは今では存在しないが、リバトン・バンク・

ハウスから１キロほど離れたニューイントン・ロード３番地（当時はアーニストン・プレイス８番地）にあった。1876年10月、17歳のアーサーは名門エディンバラ大学医学部（1726年創設）に入学した。ここで出会ったのが外科医のジョゼフ・ベル博士だった。博士は患者が診察室に入ってくると、言葉遣いや動作、身なりから、患者の職業や住んでいる場所を言い当てたという。博士のもとでアルバイトをしていたアーサーは後に博士をシャーロック・ホームズのキャラクターに使った。卒業と同時に22歳でエディンバラを離れて以来、アーサーが故郷エディンバラに戻り住むことは終生なかった。しかし、エディンバラが彼に与えた影響は計り知れないものがある。名探偵ホームズを生み出したのはアーサー自身だが、文学者アーサー・コナン・ドイルを生み出したのはエディンバラというまち、そして、この地で彼が出会った人々だったといえる。

テムズ川

じっさい、テムズ川がちらりと見えた。街灯の明かりが広く静かな川面を照らしていたが、私たち（ホームズ、ワトスン、メアリー・モースタン）を乗せた馬車は全速力で走り続け、すぐに迷宮状態になった対岸の街路に飲み込まれてしまった。（ワトスンの記述） **《四つのサイン》**

夜のエンバンクメント（テムズ川沿道：ロンドン）

テムズ川（Thames, River、英国）　《瀕死の探偵》《オレンジの種五つ》《唇のねじれた男》など10事件に登場

テムズ川はイングランド南西部のコッツウォルズ丘陵の東部、テムズ・ヘッドにある枯れた泉を名目上の源とする。実質的には少し離れた同じグロスターシャー州、ケンブル駅近くの牧草地の中の細流に端を発する。イングランドを東流してロンドンを通り北海に注ぐ英国最長の河川で全長は338km。水深が比較的深く河川勾配も小さいことから平底の「はしけ」ならば河口から300kmもさかのぼることができた。この結果、テムズ川では河川交通が発達した。18世紀に貿易の中心はロンドンとなり、テムズ川は世界で最も交通量の多い河川となった。テムズ川岸には停泊する船があふれ、船から貨物を盗む者が横行した。そこで19世紀初めから「ドック」と呼ばれる大きな堀、船を停泊させ荷役作業を行なう港がロンドン東部に数多く建設された。テムズ川は荷役作業をはじめ市民の生活用水の供給源と同時に生活排水路としての役割も果たしてきた。19世紀におけるロンドンの膨張はテムズ川の交通や汚染対策が喫緊の課題となった。

アーグラ

「キニーネ（解熱薬）のビンのそばに置いてある先端に真珠が付いた首飾りを見ろ。モースタンの娘に送ってやるつもりだったが、あれさえ惜し

アーグラ城塞の中にあるゼナナ（インド：婦人用施設）

くて手放せなかった。息子たちよ、あの娘にアーグラ財宝の正当な分け前を渡してやってくれ」（ジョン・ショルトー元少佐）　　《四つのサイン》

アーグラ（Agra, インド）　《四つのサイン》《赤毛組合》に登場
インド北部、ガンジス川最大の支流であるヤムナ川右岸に位置する。赤黒色砂岩の城壁で囲まれたアーグラ城はムガル帝国初代皇帝アクバルが1555年に築造を着工させ、1565年、第3代皇帝シャー・ジャハーンにより現存のようなかたちに改築された。

ランベス宮

「君がいてくれると大助かりだ」彼（ホームズ）が言った。「二人でこの事件を独自に解決し、ジョーンズ警部には彼が組み立てた、後で誤りと分かる大発見に大喜びしてもらおうじゃないか。モースタンさんを降ろしたら、ランベス河岸近くのピンチン通り3番まで行ってほしい。右側3軒目の鳥の剝製屋だ。シャーマンというのが主人の名前だ。窓ごしにイタチが子ウサギをくわえている剝製が見えるはずだ」（ホームズ）

《四つのサイン》

ランベス宮（ロンドン）

ランベス宮（Lambeth Palace、ロンドン）　《四つのサイン》に地区名としてのランベスが登場

「ランベス」はテムズ川南端、アルバート・エンバンクメントの西端付近に位置する区域。行政的にはテムズ川南岸のサザックとワンズワースの両自治区に東西の境を接した自治区で、川沿いの地域は、かつて船着き場がある所以外は低湿地だった。掲載した絵葉書はカンタベリー大主教のロンドン公邸「ランベス宮」。この施設は、1197年にヒューバート・ウォルター大司教が荘園を買って礼拝堂と地下聖堂を建てたことに始まる。ピューリタン革命中は接収され、王政復古するまでの間、牢獄として使用されたこともあった。

グリニッジ

> 「私なら汽艇を借り上げ、オーロラ号を追跡して川を下るね」（ワトスン）
> 「きみ、そんなことをしたら大仕事になってしまうよ。オーロラ号はこことグリニッジの間のどこの桟橋にだって接岸できる。この橋から下流には何マイルにもわたってまったく迷宮のように桟橋がいくつも連なっている。それを一人で調べようと思ったら、終えるのにいったい何日かかるか分かったものじゃないよ」（ホームズ）　　　　《四つのサイン》

グリニッジ公園から見た王立海軍大学（英国）

グリニッジ（Greenwich、ロンドン） 《技師の親指》《四つのサイン》に登場

ロンドン（行政区としてはグレーターロンドン）を構成する33行政区の一つで、テムズ川南岸に位置する。世界標準時（GMT）となった旧グリニッジ天文台や旧王立海軍大学がある。ヘンリー8世やエリザベス1世が生まれた場所で、16世紀には主宮殿である「グリニッジ宮殿」が置かれ執務が行なわれた。1675年にチャールズ2世が設立した王立天文台にグリニッジ子午線が通っている。協定世界標準時（UTC）に置き換えられるまではグリニッジ天文台での時間計測を基にしたグリニッジ標準時が使われていた。王立天文台は1990年にケンブリッジに移転し、現在、観測拠点としての使命は終了した。旧王立海軍大学は海軍士官候補生の養成を目的に設置され、1873年から1998年まで教育が行なわれた。本来は王立海軍病院として1694年に開設された。

リッチモンド

「船は上流へ行ったのでは」（ワトスン）
「その可能性も考えたので別の捜索隊にはリッチモンドまで調べさせている。今日中に情報を得られないようなら、明日は自分で出かけて行って、船よりも犯人たちを探す。だが、間違いなく、きっと何か情報が入るはずだ」（ホームズ）　　　　　　　　　　　　　　　　　《四つのサイン》

リッチモンド（下流を見る：英国）

リッチモンド（Richmond、英国） 《四つのサイン》《サセックスの吸血鬼》《恐怖の谷》に登場

首都ロンドンの南西部、リッチモンド・アポン・テムズ行政区にある都市。「リッチモンド」の名前は16世紀に建立されヘンリー7世が居住していた「リッチモンド宮殿」にちなんでいる。テムズ川の旧河道にあたり、富裕層が数多く住んでいる都市として知られる。リッチモンド・アポン・テムズ行政区は首都ロンドンを構成する33の行政区の一つで、テムズ川の両岸にまたがる。テムズ川の両岸には小型船舶用の造船所もいくつかある。区内にあるヘンリー8世が住んだハンプトン・コート宮殿やリッチモンド宮殿はよく知られた建物で、「キュー王立植物園（キュー・ガーデンズ）」は2003年に世界文化遺産に登録された。

ウェストミンスター船着き場

「よし、それではまず手初めに、今晩7時、ウェストミンスター船着き場に速度の出る警察艇——蒸気艇——を配置してください」（ホームズ）
「お安いご用です。あの辺りにはいつも1隻停泊していますから。でも、通りの向こうへ行って電話で確かめてみましょう」（ジョーンズ警部）

《四つのサイン》

ウェストミンスターの船着き場（ロンドン）

ヴィクトリア川岸通り（Victoria Embankment、ロンドン） 《オレンジの種五つ》に登場

ウェストミンスター橋からブラックフライアーズ橋まで、テムズ川の左岸に沿って2キロ半ほど続く堤防を兼ねた遊歩道。発案者はクリストファー・レンだが、実際の工事は1864年から70年にかけてサー・ジョゼフ・バザルジェット監督のもと約200万ポンドの費用をかけて建設された。遊歩道を照らす「イルカの街灯柱」が1870年に設置されたほか、ウォータールー橋とハンガーフォード鉄道橋の間にあるオベリスク「クレオパトラの針」（紀元前1500年頃の遺跡）は、エジプトから運ばれ1877年に設置された。翌1878年には周辺で公園整備や退役船係留などの整備も行なわれた。

セイロン

> 彼（ホームズ）がこんなに才気あふれた男だとは知らなかった。さまざまなテーマについて次々溢れんばかりに話題にした――奇蹟劇、中世の陶器、ストラディバリのバイオリン、セイロン（現在のスリランカ）の仏教、未来の軍艦について――まるで特別に研究してきたかのようだった。（ワトスンの記述）　　　　　　　　　　　　**《四つのサイン》**

キャンディ風景（セイロン、現スリランカ）

セイロン島（Ceylon、スリランカ） 《四つのサイン》に登場

インド洋に浮かぶ島。現在は島全体がスリランカ民主社会主義共和国の領土になっていて「スリランカ島」と呼ばれることもある。「セイロン」の名前は紀元前5世紀の建国の時、インドから移住したアーリア系シンハラ人の国王が"シンハラ人はライオン（獅子）と人間の間に生まれた"という神話に基づき、島の名前をサンスクリット語で「シンハ（獅子）ディーパ（島）」と呼んだことによるという。古代から海上交易を営んだアラビア人たちは、この島を「セレンディープ」と呼んだ。16世紀にポルトガル人、オランダ人や英国人が海岸地方へ入植し、香料、ゴム、ココナツ、コーヒー、紅茶栽培のため大農園を創業した。英国統治時代には紅茶の茶園で働く労働力としてインドから多数のタミル人労働者が入植した。ポルトガル人はこの島を「セリアオ」、オランダ人は「ゼイラン」と呼んだが、1815年に全島を植民地化した英国人が「セイロン」と呼んで表記したことで、これが定着した。

セント・ポール大聖堂、ロンドン塔、テムズ川

この会話が続いている間に、（私たちを乗せた）警察艇はテムズ川にかかる一連の橋の下を矢のような速さで進んで行った。シティを通り過ぎる時、暮れゆく最後の太陽光がセント・ポール大聖堂の頂きにある十字架を金色に染めていた。ロンドン塔に着いた時はもう夕暮れだった。（ワトスンの記述）

《四つのサイン》

テムズ川から見たセント・ポール大聖堂（ロンドン）

TOWER OF LONDON
GENERAL VIEW FROM THE THAMES

H. M. Office of Works

テムズ川から見たロンドン塔（ロンドン）

セント・ポール大聖堂（St Paul's Cathedral、ロンドン） 《赤毛組合》《四つのサイン》に登場

ラドゲート・ヒルにある大聖堂で英国国教会ロンドン管区を監督する大主教座を有する。ブリテン島に侵攻したローマ人たちが、ここに月の女神「ダイアナ」を祀る寺院を建てたのが起源といわれる。中世の頃はここでシティの数多くの公式行事や外交行事が行なわれたが、ヘンリー8世の宗教大転換はこのカトリック大聖堂に致命的なダメージを与えた。聖像や祭壇は破壊され貴重品は略奪された。1561年には落雷による火災で尖塔が失われ、その後、カトリック教徒のメアリ女王の治世時代に行なわれた改修工事や、1620年から20年間かけて行なわれた大規模復興工事も1640年代のピューリタン革命ですべて失われた。追い打ちをかけたのが1666年のロンドン大火だった。大聖堂再建を国王チャールズ2世から任されたのが天才建築家クリストファー・レン（1632-1723）で、1675年から35年の歳月をかけて建設された大聖堂は全長175m、幅76m、ドーム上の十字架天端までは地上から110mの高さを誇る。

ロンドン塔（Tower of London、ロンドン） 《四つのサイン》に登場

ローマ時代、ここには要塞があった。今、我々が見る「ロンドン塔」は一度に全施設が建設されたものではない。各時代に建設された建物の複合物だ。主な建築物はロチェスター大聖堂のガンダルフ司教がノルマン王ウイリアムのために建てたホワイトタワー。1078年に着工され、17塔が歴代の王により増築された。最初は水をたたえた堀もあったが、いま水はない。「ホワイトタワー」と呼ばれるのは塔の石壁表面に白いモルタルを塗布したこ

とによる。王の住居だったので、英国史にも重要な舞台として登場する。かつては牢獄として使われたこともあった。現在、塔の内部には武具などが陳列されているほか、ノルマン様式を誇るセント・ジョン・チャペルと呼ばれる王室礼拝堂もある。テムズ川に面した「トレーターズ・ゲイト（逆賊門）」は、かつてテムズ川を船で運ばれてきた罪人たちの塔への入り口として使われた。ロンドン塔は現在も王室所有の城なので、毎日、衛兵の交代が行なわれる。特に夜10時には衛士長と衛兵による「キー・セレモニー（鍵を収める儀式)」が行なわれる。

デリー

「さて、あんたら紳士方（ホームズ、ワトスン、アセルニー・ジョーンズ警部）にインド大反乱がどうなったか、俺が話すなんておこがましい。（アーチデイル・）ウィルスンがデリーを占領、サー・コリン（・キャンベル）がラクナウを解放すると反乱の屋台骨が壊れちまった。加えて新たな援軍が続々来ると、反乱軍の指揮者ナナ・サヒブは国境の向こうへ

Old Fort, Delhi.
Repaired by the Emperor Humayon in 1540 A. D according to tradition founded by Pandu King. Judhisthira about 1450 B. C.

デリー（旧要塞：インド）

35

姿をくらましました。グレートヘッド大佐率いる軍隊がアーグラに来て、そこから暴徒たちを一掃したんだ。平和が国を覆っているようで、俺たち４人は財宝の分け前分を持って、無事に脱出できる日が近いと思い始めたのさ」（ジョナサン・スモール）　　　　　　　　　　　　《四つのサイン》

デリー（Delhi、インド）　《四つのサイン》に登場

インド北部、ヤムナ（ジャムナ）川西岸に広がるインドの首都。デリー市を含む首都連邦直轄地。これとは別に1992年制定のデリー首都圏法に基づく行政領域の呼び名として「デリー首都圏」と呼ぶこともある。他の連邦直轄地のうち「ポンディシェリ」が同様の制度を有する。ちなみに「ポンディシェリ（Pondicherry）」は《オレンジの種五つ》でイライアス・オープンショウが受け取った手紙、オレンジの種が5つ入った恐ろしい手紙が投函された場所として登場する。また《四つのサイン》で、かつてショルトー少佐が住み、後に息子のバーソロミューが住んだ屋敷の名前が「ポンディシェリ荘（Pondicherry Lodge）」だ。首都デリーは古代から現代までの８時代で首都と位置づけられた。最初の首都は、現在のニューデリー市内のインドラプラスタで3000年以上昔に北インドを征服したとされるマハーバーラタ時代の首都と伝えられる。以後、デリーは変遷を重ねる。1600年初頭にシエール・シャーを破りムガル帝国復興を成し遂げたシャー・ジャハーンが南のアーグラから遷都し７番目の首都をシャージャハナバードに置いた。首都の守りの要として建造されたレッドフォート（ラール・キラ）は1638年に着工し1648年に竣工した。こうして現在のデリーの基礎が築かれた。1803年に英国東インド会社の支配下に編入された。レッドフォートの西側一帯がオールドデリーと呼ばれ、1856年に勃発した第1次インド独立戦争（インド大反乱）では、反乱軍側についたムガル帝国の首都となった。しかし、翌年、戦いに敗れたことからムガル帝国は滅亡。デリーは英国政府直接の支配下に入り、首都としての地位を失い一地方都市となった。1867年の鉄道開通で、19世紀末には北インドにおけるターミナル駅として繁栄を取り戻した。英国政府は東インド会社の本拠地があったカルカッタ（現コルカタ）に英国領植民地インドの首都を移したが、1911年、英国政府はニューデリーへの首都移転に着手し1931年に遷都を完遂。だが16年後の1947年、インド独立により新生インド共和国に首都の支配権が移された。

カルカッタ

> 「俺たちが島から脱獄するにあたり、ただ一つの障壁は航海に耐えられる船の確保と航海中の食糧を調達できないことです。カルカッタやマドラスには、俺たちにうってつけの小型ヨットやヨール型帆船がたくさんあります。そのうち1隻を手に入れてきてください。夜になったら船にうまく乗り込みますし、インドの海岸のどこかで降ろしてくれたら、あなたはそれで役割を果たしたことになります」（ジョナサン・スモール）

《四つのサイン》

カルカッタ（イーデン・ガーデンズ：インド）

カルカッタ（Calcutta、インド）　《まだらの紐》《四つのサイン》に登場

カルカッタは旧称で現在はコルカタ（Kolkata）と呼ばれる（以後「コルカタ」と称す）。インド東部ウェストベンガル州の中心都市。1642年に英国人が商館を開いたのがまちの起源。18世紀後半には強固な都市としてインドにおける英国の本拠地となる一方、19世紀後半にベンガル州は独立運動の拠点となった。コルカタは今も東部インドの中心都市として商工業が盛んだが、1911年に首都がデリーへ移り、第2次世界大戦後に東ベンガルが「バングラディシュ」として独立した結果、市場の一部が失われ以前ほど経済活動は盛んでない。コルカタにはインド初の地下鉄が通っているほか、イギリスがインドに初めて設置した高等教育機関であるカルカッタ（コルカタ）大学（1857年創設）がある。

THE ADVENTURES OF SHERLOCK HOLMES

シャーロック・ホームズの冒険

"HOLMES SHOOK HIS HEAD GRAVELY."

「ストランド・マガジン」に掲載されたシドニー・パジットの挿し絵

カールスバート

「エグロー（Eglow）、エグロニッツ（Eglonitz）－あったぞ、エグリア（Egria）だ。ドイツ語を話す国－ボヘミアの中だ。カールスバートから遠くない。『ヴァレンシュタイン終焉の地、ガラス工場と製紙工場がたくさんあることでも知られている』、ほう、なるほど、君はこれをどう思う」彼（ホームズ）は目を輝かせ、紙巻タバコから大きくて青い勝ち誇ったような煙をはいた。（ワトスンの記述）　　　　　《ボヘミアの醜聞》

※エグロー、エグロニッツ、エグリアは架空の地名。文中のヴァレンシュタインは30年戦争当時のボヘミア傭兵隊長、アルブレヒト・フォン・ヴァレンシュタイン（1583～1634）を想像させるが、実際に彼が亡くなったのはエーガー（ヘブ）城内でのこと。皇帝軍の将校に暗殺されたという。

カールスバートの温泉場（チェコ）

カルロヴィヴァリ（Karlovy Vary、チェコ）　《ボヘミアの醜聞》に登場

チェコ西部ボヘミア地方、ソコロフ盆地に位置する国際的な温泉保養都市。「カールスバート」はドイツ語表記。首都プラハの西方約112km、標高380mの谷に位置する。まち自体の起源は1349年だが、1358年にボヘミア王カレル4世が狩りの最中、鹿に導かれて温泉を発見したのが保養地としてのはじまりという。1759年の大火後、町並みは均整のとれたバ

ロック風に建て替えられた。18世紀から19世紀には医療用の温泉地として発展し、世界中にその名前が知られるようになった。ナポレオンやベートーヴェンもここを訪れている。19世紀以降は工業都市としても栄えた。18世紀から白磁土の採掘が始まると、それを基に19世紀からは磁器生産が発展した。1857年からはモーゼル・クリスタルガラスの生産も始まった。

プラハ

「分かると思うが余は自分でこのようなことをすることに慣れてはおらぬ。しかし、この問題はたいそうデリケートなので、もし代理人に任せれば、その者の支配下に入ってしまう。そこで、そなたに直接相談しようとお忍びでプラハからやって来たのだ」（ボヘミア国王）　《ボヘミアの醜聞》

プラハ（ティーン教会：チェコ）

プラハ（Prague/Praha、チェコ）　《這う男》《ボヘミアの醜聞》《高名な依頼人》に登場

チェコ共和国の首都。中世、神聖ローマ帝国の都として栄え、市内の各所に見られる教会

の尖塔から「百塔のまち」「黄金の都」などと呼ばれる。起源は9世紀後半、チェコ族の侯ボジヴォイ1世が最初のキリスト教会を建立したことによる。その後、プシェミシル家の居住地としてプラハ城が建設された。1346年にボヘミア王カレル1世が神聖ローマ帝国皇帝に選出され、カレル4世（ドイツ語ではカール4世）の時代に帝国の首都がプラハに移された。結果、プラハ城拡張やカレル大学の創設、カレル橋建設、市街地整備などが行なわれ、プラハはローマやコンスタンチノープルと並ぶヨーロッパ最大の都市に発展した。19世紀にはチェコ民族復興運動と連動しながら、国民劇場などネオ・ルネサンス様式の建物が建築され、19世紀末から20世紀前半にかけてアール・ヌーヴォーやモダニズム様式の建造物が建てられた。古くからヨーロッパの十字路だったプラハにはユダヤ人商人が訪れ、交易の中継地として住み着いたことからプラハにユダヤ人居住地が誕生し、やがてヨーロッパ最大のユダヤ人街へと発展した。

ランガム・ホテル

「陛下は、もちろん、しばらくはロンドンに滞在されますね」（ホームズ）
「そうだ。フォン・クラム伯爵という名前でランガム・ホテルに泊まっている」（ボヘミア王）
「それでは、今後は進捗状況を短信でご報告することにしましょう」

《ボヘミアの醜聞》

ランガム・ホテル（Langham Hotel、ロンドン）　《ボヘミアの醜聞》《四つのサイン》《レディ・フランシス・カーファクスの失踪》に登場
ヴィクトリア時代、最大級の荘厳さを誇ったのがポートランド・プレイスのランガム・ホテルだった。デザインはジョン・ジャイルズ。1865年の落成式には皇太子（後のエドワード7世）も臨席した。7階建て、客室数は600室で従業員数は250人を数えた。自国を追われた政治家や芸術家、作家などが数多く逗留した。17万リットルの容量を有する貯水槽も自慢の設備だったが、1860年代以降、注目すべき技術革新は水圧式エレベータで、これによりホテルの高層化が可能となった。結果、宿泊客数が飛躍的に増大した。1982年に英国放送協会（BBC）の所有となったが1991年に旧ホテルのファサード部分を残し、客室数410のホテル（ランガム・ヒルトン）として再出発した。

LANGHAM HOTEL, LONDON.

ランガム・ホテル（ロンドン）

セント・ポール大聖堂

「『ああ、名前はウィリアム・モリス。事務弁護士で新しい事務所の準備
が整うまで仮の事務所としてあの部屋を使っていました。でも昨日、引
っ越しました』（家主）

『どこへ行けば会えますか』（ウィルスン）

『そうですね。新しい事務所へ行けば会えますよ。住所は聞いています。
キング・エドワード街17番、セント・ポール大聖堂の近くです』

ホームズさん、私はそこへ行ってみましたが、該当の場所には馬のひざ
当て工場があって、そこの人たちは、だれもウィリアム・モリスやダン

カン・ロスという名前を聞いたことがないようでした」（質屋の主人、ジェイベズ・ウィルスンがホームズにした説明）　　　《赤毛組合》

セント・ポール大聖堂（ロンドン）

アーグラ

「前にも一、二度、たとえばショルトー殺しとアーグラの財宝事件の時などは、（ホームズさんは）警察よりほぼ正しかったといっても過言ではありません」（ピーター・ジョーンズ警部）　　　《赤毛組合》

Fort Agra, General View, Pearl Mosque, Moti Musjid.

アーグラ要塞とパール・モスク（インド：奥中央）

イートン校

「ジョン・クレイ。殺人者、泥棒、にせ金使い、偽造者。メリウェザー（銀行の役員）さん、この男はまだ若いのですが、この道では右に出る者もいないほど、私としてはロンドンのどんな悪党より、この男に手錠をかけたいのです。こいつ、若造のジョン・クレイは驚くべき男です。やつの祖父は公爵で、本人もイートン校とオックスフォード大学を出ています」（ピーター・ジョーンズ警部）　　　　　　　　　　　《赤毛組合》

イートン校（Eton College、英国）　《空き家の冒険》《プライオリ・スクール》《赤毛組合》に登場
1440年にヘンリー6世が創設した男子の全寮制パブリック・スクール（私立）。テムズ川を挟んでウィンザー城の対岸に広大な学校敷地を有する。創立当初、校長と生徒の半分は1382年創立のウィンチェスター校から移ってきたこともあり、イートン校はウィンチェスター校を手本として発展した。各界に多くの著名人を輩出するパブリック・スクール屈指の名門校。グラナダテレビ制作のシリーズでホームズ役を務めたジェレミー・ブレット（1833-1995）も同校の出身。

イートン校の中庭（英国）

スコットランド

「（ジョン・クレイは）ある週はスコットランドで金庫破りをはたらいたかと思えば、翌週には孤児院建設のためと称してコーンウォールで募金活動をやるような男です」（ピーター・ジョーンズ警官）　**《赤毛組合》**

エディンバラ（カールトン・ヒル：英国）

マルセイユ

「今、手がけている事件はあるのかい」私（ワトスン）は興味をもって尋ねた。

「10件から12件ほどあるが興味深いものはない。重大ではあるが興味深くはないんだ。分かるだろう。じっさい、取るに足らない事件の中にこそ、調査を面白くしてくれる観察の出番があり、因果関係の素早い分析の場があることが分かった。大きな犯罪ほど単純になりがちだ、概してその動機は明瞭だからね。先ほどの事件の中でマルセイユから持ち込まれたかなり複雑な事件以外、興味深いといえるものはない」（ホームズ）

《花婿失踪事件》

マルセイユ（ノートルダム・ドゥ・ラ・ガルド寺院：フランス）

マルセイユ（Marseille、フランス） 《花婿失踪事件》に登場

フランス南東部、マルセイユ湾沿いに広がるフランス第3の都市。フランス最古の都市で紀元前600年頃の植民都市マッサリアが起源という。何世紀にもわたり東方世界への玄関

口としてギリシア人、レバノン人、イタリア人などが流入し、文化・経済の両面から国際的な都市を築いてきた。マルセイユには旧港と新港があり、紀元前600年頃にフォカイア人が初めて上陸したのが現在の旧港に当たる場所だ。ここは水深6mで大型船舶の入港が難しいことから19世紀に北側に新港がつくられた。19世紀には旧港南側の丘の上にノートルダム・ドゥ・ラ・ガルド寺院も建築された。寺院からはマルセイユ市街地、港湾、山並みが一望できる。

トテナム・コート通り

「お母さんはご健在ですか」（ホームズ）

「はい、母は健在です。ホームズさん、私はあまりいい気がしませんでした。なぜって、母は父が亡くなった後、早々に自分より15歳近くも若い男の人と再婚したのですから。父はトテナム・コート通りで配管工事店を経営しておりまして、亡くなった時も店はかなり繁盛しておりました。母は店の経営を引き継ぐと親方のハーディさんと一緒に切り盛りしていたのです。でも、ウィンディバンクさんが来ると彼は母に店を売らせてしまったのです。ワインの移動販売人のくせに、とても傲慢な人なのです」（ミス・メアリー・サザーランド）　《花婿失踪事件》

トテナム・コート通り（ロンドン）

トテナム・コート通り（Tottenham court Road、ロンドン）　《ボール箱》《花婿失踪事件》《赤い輪》
など4事件に登場

ロンドン市内のセント・ジャイルズ・サーカスから北のユーストン・ロードまでほぼ直線
に走る約1キロの繁華街。かつてはオックスフォード街からトテナム・コートへつながる
市場通りだった。Tottenhamを「トッテンハム」ではなく「トテナム」と発音するのは古
英語の人名による。これはTottaという名前に所有格の -n が付いて「トッタの家屋敷、あ
るいは村落」を意味した。古英語でham は「家屋敷」を意味し、トテナム・コートとトテ
ナム農場はロンドン子たちにとっては興行が楽しめる場所だった。現在は繁華街として知
られる。かつて、トテナム・コート・ロードとオックスフォード街が交差するセント・ジ
ャイルズ・サーカス附近にあったメウクス・ビール醸造所の跡地に、ドミニオン映画館、隣
の19世紀に建てられた洒落た建物内には17世紀に起源をもつ「ホースシュー・タバーン
（馬蹄亭）」があった。現在は「ホースシュー・パブリック・ハウス」に変わっている。《ボ
ール箱》でホームズがストラディバリを手に入れたというユダヤ人の古物商の場所は定か
ではない。

ハーグ

「まったく興味深い研究対象だ、あの娘さんは」彼（ホームズ）は言った。
「彼女が言っていた小さな案件より本人自身のほうがよほど興味深いこと
が分かった。案件のほうはかなり使い古された類のものだ。ぼくの索引
を見れば、1887年にアンドーバーで起きた類似の事件が見つかるだろう
し、同じようなものは昨年ハーグでもあった。アイデアは古いが、細部
では、ぼくにとっては目新しい点も一つ二つあった。それにしても娘さ
ん自体が非常に教訓的だ」　　　　　　　　　　　　　　　　《花婿失踪事件》

ハーグ（＝デンハーグ、Den Haag、オランダ）　《花婿失踪事件》に登場

オランダ西部の北海沿岸に位置する。アムステルダムが経済中心なのに対して、ハーグは
王宮や国会議事堂、政府機関、各国の大使館（約100）、国際機関（約160）などを有する
ことから、政治・行政面で首都機能を担う。古代ローマ時代には東のボールブルフに砦が
ありローマの支配下に置かれた。中世はホラント侯爵の領地だったことから、市の正式名
称は「スフラーベンハーヘ（伯爵の生垣）」という。13世紀半ばにウィレム2世が城を建
設し都市が発展、後にここで議会が行なわれるようになり政治の中心となった。一方、デ
ンハーグには都市権が与えられず、19世紀にオランダ王国が立憲君主国へと変わる中で、

今のような"デンハーグ"と"アムステルダム"の機能分化が起きた。19世紀末には国際会議「万国平和会議」（1899年）が開催され、1893年には「ハーグ国際私法会議」が設立された。また、1899年に外交上の手段では処理できない国際紛争を仲裁裁判にかけようとの目的で「常設仲裁裁判所」も設立された。現在、デンハーグは「平和と司法のまち」といわれる。

Den Haag - Vijverberg.

デン・ハーグ（国会議事堂前の池：オランダ）

レディング

ホームズが買い込んで散らかした大量の新聞紙以外、客車の個室内には私たち二人だけだった。彼はこの大量の新聞紙をかき回しては読み、メモを取ったり考え込んだりしているうちに、やがて汽車はレディング駅を過ぎた。すると彼は新聞紙を一つの大きな玉に丸めて網棚の上に放り投げた。（ワトスンの記述）　　　　　　**《ボスコム谷の惨劇》**

レディング（フォーベリー・ガーデンズ：英国）

レディング（Reading、英国） 《ボスコム谷の惨劇》《技師の親指》《シルバー・ブレイズ》など4事件に登場

イングランド南部、バークシャー州の都市。この地にローマ人が住み始めたのは起源前といわれる。11世紀後半には多くの住居があったことが土地台帳の記録から分かる。1121年にヘンリー1世が建立したベネディクト派の修道院がレディングの発展に寄与し、13世紀半ばに商業上の特権が認められた。中世後期から毛織物の生産地として発展したが、17世紀半ばに起きた清教徒革命では議会派の攻撃を受け、一時、まちは荒廃した。19世紀になると商業の中心地として、また鉄道の分岐点として急激に発展したほか、1892年にユニバーシティ・コレッジ・レディング（現在のレディング大学）が創立され文教都市としても発展した。

ブリストル

その後で、故人のひとり息子ジェームズ・マッカシーが呼ばれ、次のような証言を行なった。

「私は3日間家を離れ、その間ブリストルにいて、この前の月曜日、3日

の午前中に家に帰ってきたばかりです。家に戻った時、父は外出していて、メイドから使用人のジョン・コブと一緒にロスのまちへ行ったと知らされました。私の帰宅後すぐに父の2輪馬車の車輪の音が庭から聞こえたので、窓からのぞくと、父が降り、足早に庭から出て行くのが見えました。しかし、どちらのほうへ行ったのかは分かりませんでした」
（マッカーシー）
《ボスコム谷の惨劇》

Clifton Suspension Bridge, Bristol.

ブリストル（クリフトン吊り橋：英国）

ブリストル（Bristol、英国） 《ボスコム谷の惨劇》に登場

ロンドン西方169kmに位置するイングランド西部の港湾都市。もともとはBricgstoc（橋の場所）として知られていた。5世紀頃にドイツ北西部からやって来てグレート・ブリテン島に定住したゲルマン民族の一派、アングロ＝サクソンが最初の住人といわれる。中世にはBristoweと呼ばれ、貿易量の増大とともに港の重要性が増した。16世紀に入るとウール、皮革、煙草、ココア豆なども輸出されるようになり製造業の都市としても繁栄した。天才技師ブルネルは1830年にドック再整備を行なったほか、1841年にはロンドンからのグレート・ウエスタン鉄道線を開通させた。また、ブリストルは教会の多い都市として知られ、優美なメアリー・レッドクリフ教会、素朴なウェスレー教会など多くの教会がある。ウェ

スレー教会は1739年にメソジズムの創立者ジョン・ウェスレー（1703-91）によって創建された。世界中のメソジズム教会の中で最も古い教会である。

ロッテルダム

「君も知ってのとおり、私は煙草の灰に強い関心をもっていて、パイプ、葉巻、紙巻煙草の140種類の灰の違いに関しての小論文を書いたこともある。灰を見つけると辺りを見回し、苔の間に吸いさしを見つけたのだ。そいつが、そこへ投げたのさ。インド産の葉巻だったがロッテルダムで巻かれているものだった」（ホームズ）　　　　　　　《ボスコム谷の惨劇》

ROTTERDAM, WESTERSINGEL B./D. MAURITSWEG

ロッテルダム（ウェスターシンゲル、モウリッツウェグ：オランダ）

ロッテルダム（Rotterdam、オランダ）　《ボスコム谷の惨劇》《最後の挨拶》に登場
オランダ西部、首都アムステルダムの南西約58kmに位置するオランダ第2の都市。ロッテ川に面した集落から発展した都市で、1270年頃、上げ潮によって河川に塩水が混ざるの

を防ぎ干潮時に排水を行なう堰（＝ダム）を建設したことが地名の由来という。ヨーロッパ産業革命期には工業製品と原材料の経由地として発展した。1847年にはアムステルダムとの間に鉄道が敷かれた。さらに72年にはニーウェ・ワーテルウェフが開削されたことで北海から入ってくる外国船の入港も可能になり、まちは急速に発展した。

メルボルン

「ある日、金の護送隊がバララットからメルボルンに向かっていて、我われはそれを待ち伏せして襲った。（隊には）騎兵が6人いたが、こちらも6人だったから接戦になったけれど、最初の一斉射撃で相手の鞍の四つは空になった」（ジョン・ターナー老人）　　　　　　　《ボスコム谷の惨劇》

メルボルン（市庁舎とスワンストン街：オーストラリア）

メルボルン（Melbourne、オーストラリア） 《ボスコム谷の惨劇》に登場
オーストラリア南東部、ヴィクトリア州中央南部の都市。1835年の開拓当初は郊外農村で行なわれた小麦栽培や牧羊の集散地として、またヨーロッパへの積出基地として栄えた。1851年にヴィクトリアで金鉱脈が発見されると、メルボルンは一攫千金を夢見てヨーロッ

パから押し寄せた移民の受け入れ基地として繁栄した。ヴィクトリアは1880年代まで約30年にわたってゴールドラッシュに沸いたが、当時の移民はイングランド系、アイルランド系、イタリア系、中国系などが多かった。その後、第1次世界大戦期にはギリシアなどの南欧系、また、第2次世界大戦期には北欧系や東欧系の移民が大勢を占めた。

ヴィクトリア川岸通り

ポケットから出てきた1通の封筒から青年紳士の名前はジョン・オープンショー、住まいはホーシャムの近くだと分かった。彼はウォータール一駅発の最終列車に乗るため急いでいたのかもしれないが、慌てていたのに加え辺りが真っ暗闇だったことから道に迷い、川蒸気船用の小さな浮桟橋から足を踏み外して川に落ちたものと思われる。死体に暴行の跡は認められず、死者が不幸な事故の犠牲者であることは明らかで、当局は注意を河畔の浮桟橋の状況に目を向けるべきである。（新聞記事）

《オレンジの種五つ》

雨夜のエンバンクメント（テムズ川沿道：ロンドン）

ロイヤル・エクスチェンジ（ロイズ船舶名簿）

彼（ホームズ）はポケットから大きな紙を取り出したが、それには日付と名前がびっしり書かれていた。

「丸１日を費やして」彼は言った。「ロイズ保険組合の記録簿と古新聞を調べ、1883年１月と２月にポンディシェリ港に寄港したすべての船の、その後の足取りを突き止めた。この２カ月に記録された大型船は36隻。それらの中で『ローン・スター号』がすぐにぼくの注意を引いた。ロンドンから出航と記録にあったが、船名はアメリカの一つの州に付けられている名前だからね」

《オレンジの種五つ》

王立取引所（ロンドン）

ロイヤル・エクスチェンジ（Royal Exchange：王立取引所、ロンドン） 《オレンジの種五つ》にロイズが登場

シティの中心、イングランド銀行正面向かいに位置する施設。建物は1566年、最初の煉瓦が礎石として置かれ翌67年末に竣工した。３年後の70年、エリザベス１世の来訪を契機に

「王立取引所」と命名された。設立当初は建物内に小さな商店が並び種々の小売が行なわれていた。1666年のロンドン大火で焼失し3年後の69年に再建された。しかし、1838年、ヴィクトリア女王の統治が始まった翌年にロイズ（保険組合）から出火したとみられる火事で再び焼失した。1844年に2度目の再建がされ、1570年に来所したエリザベス女王にならい、ヴィクトリア女王が再び「王立取引所」と命名し現在に至っている。その後、ロンドン証券取引所（Stock Exchange）の発足もあり、ここでの取引は1939年に終了した。現在は展示会場として使われたり保険会社などが入る事務所として使われたりしている。

海

「ローンスター号は先週、ロンドン港に入港していた。アルバート・ドックに行ってみると、この船は今朝がた引き潮にのって川を下り母港のサバンナに向かったことが分かった。グレーブゼンドに電報を打ったところ、同船は少し前に通過したとのことだった。東風だから今頃はもうグッドウィン砂州を通り過ぎて、ワイト島からそんなに遠くないところを航行しているのだろう」（ホームズ）　　　　　　　　《オレンジの種五つ》

夜の海（英国）

グレーブゼンド
イングランド南東部、ケント州のテムズ川河口に臨むまち。

グッドウィン砂州
イングランド南東部、ケント州東海岸沖のドーバー海峡にある浅瀬。運航の難所として知られている。

ロンドン橋

アッパー・スワンダム路地は不潔な小道で、ロンドン橋の東側、テムズ川の北側に並ぶ高い波止場の後ろ側にひっそりと位置している。安物の既製服店とジン（酒）を売る店の間にある、ほら穴の入り口のような真っ暗な隙間へと通じる急な階段を下りて行くと探している阿片窟があった。

《唇のねじれた男》

ロンドン橋（ロンドン）

ロンドン橋（London Bridge、ロンドン） 《ブルース＝パティントン設計書》《唇のねじれた男》に登場

ロンドンを代表する橋でシティとサザック地区を結ぶ。1176年、聖職者ピーター・ド・コールチャーチにより、以前の木製橋に代わって石橋の建設が始まった。33年の工事期間をかけ、橋は1209年に完成した。橋長270m、幅員12mで橋上中央にサザック大聖堂が建立されたほか、人家、商店、礼拝堂なども橋上に建設された。1212年の橋上火災の際は、逃げ場を失った人々で3000人の犠牲者が出たという。これら橋上の建物は1758年から62年にかけ撤去された。1832年、サー・ジョン・レニーの設計で、初代ロンドン橋のすぐ隣に花崗岩で造られた5つの橋脚を有する2代目ロンドン橋が完成した。この橋も1967年から72年に現代の3連アーチ・コンクリート橋にかけ替えられた。

ホルボーン

15分ほどでブルームズベリー地区のアルファ・インに着いたが、そこはホルボーンに続く通りの角にある小さなパブだった。ホームズはプライベート・バー（パブの個室）のドアを開けると、ビールを2杯、赤ら顔で白いエプロンを着けた主人に注文した。（ワトスンの記述）

《青いガーネット》

Ancient Houses, Staple Inn, Holborn, London.

ホルボーン（昔の家並み、ステイプル・イン：ロンドン）

ホルボーン（Holborn、ロンドン） 《青いガーネット》に登場
単に「ホルボーン（またはホーボーン）」といった場合、地区を指す場合と通りを指す場合
とがある。地区としてみた場合、地名の起こりは、窪地（hollow）を流れる小川（bourne）、
つまりフリート川の支流ホールボーン（Holebourne）に由来する。位置的には分度器の弧
の形をした街路オールドウィッチの頂点部分から北（上）へ延びる道路、キングズウェイ
の東側に当たる地区で、旧自治区の中では最小の区だったが、1965年の行政区画の改革で
カムデン自治区の一部になった。通りとしては、ホルボーン・サーカスとグレイズ・イン・
ロードの間の250m弱の短い区間を指す。遅くとも13世紀には幹線道路の一つになってい
てシティへ商品を運ぶのに使われた。通りの西端には16世紀に建てられたハーフティンバ
ー様式のステイプル・イン、中ほどにはバーナーズ・インが現存していて昔の面影を今に
伝えている。

コヴェント・ガーデン市場

私たち（ホームズとワトスン）はホルボーンを横切り、エンデル街をぬ
け、スラム街のくねくねした道を通ってコヴェント・ガーデン市場へ出
た。1軒の大きな店にブレッキンリッジの看板が出ており、鋭い顔つき

コヴェント・ガーデンの花市場（ロンドン）

できれいに刈り込んだ頬ひげがある、見るからに競馬好きそうな店の主人が、少年といっしょに店仕舞いをしているところだった。

「こんばんは。寒いね」。ホームズが言った。

主人は頷いて、うさんくさそうに私の友人を眺めた。　　《青いガーネット》

コヴェント・ガーデン市場（Covent Garden Market、ロンドン）《青いガーネット》に登場

市場が始まったのは1656年のこと。ジョン・ラッセルがベドフォード伯爵家の庭に建てた簡素な屋台が市場の出発点だった。青果や生花を扱う市場として約300年の歴史を誇ったが、1974年にバタシのナイン・エルムズに移転し、ここでの歴史に幕を閉じた。よって正確には旧コヴェント・ガーデン市場と呼ぶべきだろう。名前の由来は"女子修道院の庭"（convent garden：コンヴェント・ガーデン）が詰まったもの。1830年、第6代ベドフォード公爵が建築家チャールズ・ファウラーに設計を命じて中央アーケードを有する独特の建物が完成した。やがて、ロンドンで最も知られた野菜と果物の市場に成長したが家禽業がいたという記録も残っている。《青いガーネット》に登場するブレッキンリッジもそうした業者の一人だったのだろう。20世紀に入ると市場は敷地内で処理しきれず、周囲の交通渋滞を引き起こすまでになったので、1974年にここでの営業に幕を閉じた。

カルカッタ

「先代の地主はそこでダラダラと生き、貧乏貴族のみじめな生活を送りました。ところが、その一人息子である義父は新たな境遇に適応する道を見つけると、親戚筋から借金して医学の学位を取り、カルカッタへ行き、その地で専門のスキルと、しっかりした性格のおかげで大きな成功を収めたのです」(ヘレン・ストーナー)

《まだらの紐》

カルカッタ（競馬場：インド）

ハーロウ

「話は変わりますが、私たちには叔母がおります。母の妹で未婚のホノリ
ア・ウエストファルといい、ハーロウの近くに住んでいるのですが、私
たち姉妹は時々この叔母の家に短期間滞在するのを許されました。（姉
の）ジュリアは2年前のクリスマスにそこへ行き、休職給を受けている
海兵隊の少佐と出会い婚約いたしました」（ヘレン・ストーナー）

《まだらの紐》

ハーロウ・オン・ザ・ヒル（英国）

ハーロウ（Harrow on the hill、英国） 《三人のガリデブ》《まだらの紐》に登場
首都ロンドン（行政区としてはグレーターロンドン）を構成する33行政区のひとつ。グ
レーターロンドン北西部に位置し、かつてはミドルセックス（イングランド南東部とロンド
ン北西部を含んだ旧州）に属していた。「ハーロウ」はサクソン語の"hergae（ハーゲイ）"
に由来し複数のスペリングがあるが、いずれも「聖堂」「神殿」を意味する。聖メアリ教会
があるハーロウ・オン・ザ・ヒルは、グリーンヒル、ロクセス、ロクスボン、ピナー、ヘ
ッドストンなどの集落を含む地域の中心となっている。丘のふもとは鬱蒼とした森林地帯

で恰好の狩猟場となっていた。1535年に創業し1750年の火災後に再建されたパブ「キングス・ヘッド」はヘンリー8世が狩猟の時に宿泊所として用いた。13世紀から16世紀まで、クラウン街（かつては「ホグ・レーン」と呼ばれた）とミドル街では市が開催された。1572年に、ジョン・ライアンがパブリック・スクールの名門「ハーロウ校」を創設した。歴代校長の一人だったサー・ギルバート・ジェラードは、14世紀のハーロウにおける偉大な家族名を付けた「フラムバーズ」と呼ばれる屋敷に住んだ。

レディング

「あれから2年が経ち、日々の暮らしは最近まで以前にも増して寂しいものでした。しかし、ひと月ほど前、長年、親しくしていただいているお友だちから、私は光栄にも結婚の申し込みを受けたのでございます。この方のお名前はアーミテイジ——パーシー・アーミテイジさんと言いまして（バークシャー州）レディングに近いクレーン・ウォーターのアーミテイジさんの次男なのでございます」（ヘレン・ストーナー）

《まだらの紐》

ChapterHouse,Reading Abbey.

レディング・アビイ（チャプター・ハウス：英国）

グリニッジ

「まずお含みいただきたいのですが」彼は言った。「私には両親がなく、独身で、現在、ロンドンの下宿で一人暮らしをしています。職業は水力技師で、グリニッジの有名な会社ヴェナー・アンド・マセスンで奉公していた7年間に、かなり仕事の経験を積みました」（ヴィクター・ハザリ）

《技師の親指》

王立グリニッジ天文台（英国）

ミュンヘン

「でも、君が聞いたことは、ぼくもぜんぶ聞いたんだがねえ」（ワトスン）
「以前に起きた事件の知識なしでね、先行事例こそがぼくの役に立ってい

る。何年か前にはアバディーンで同様な事件が起きたし、また、フラン
ス＝プロイセン戦争（1870-71）の翌年にはミュンヘンでもあった」
（ホームズ）
　　　　　　　　　　　　　　　　　　　　　　　　　　《独身の貴族》

ミュンヘン（ヴィッテルバッハ噴水とレンバッハプラッツ：ドイツ）

ミュンヘン（Munchen、ドイツ）　《独身の貴族》に登場
ドイツ南部、バイエルン州の都市。ミュンヘンの南方約20kmにあるベネディクト派シェ
フトゥラルン修道院の修道士が住み着いたことが起源。ここが宮廷都市として本格的に発
展したのは18世紀末以降のこと。ナポレオン戦争後に公国から王国となったバイエルン国
首都に位置付けられた19世紀初頭以降のことだ。以前は城壁に囲まれた現在の旧市街地区
の範囲に留まっていた。ルートヴィヒ1世と彼の息子マクシミリアン2世の統治時代、宮
廷建築家レオ・フォン・クレンツェやフリードリヒ・フォン・ゲルトナーにより、旧市街
と北側のシュヴァービングの間にバイエルン王国を統治するための市街地が整備された。ホ
ームズの時代、摂政宮ルイトポルトの統治下だった19世紀末から20世紀初頭にかけ、文化
の都として発展した。

サーペンタイン池、トラファルガー広場の噴水

「ずぶ濡れじゃないですか」ホームズはそう言うと、ピージャケット（水兵などが着用する厚手のダブルのコート）の腕に片手を置いた。

「ええ、サーペンタインの池をさらっていました」（レストレード警部）

「それはまた、いったい何のために」

「レディ・セント・サイモンの遺体を探すためです」

シャーロック・ホームズは椅子にもたれて大笑いした。

「トラファルガー広場の噴水の池もさらいましたか」彼は尋ねた。

「なぜです。どういうことですか」

「噴水の池もサーペンタイン池も遺体を見つけられる可能性は同じということです」（レストレード警部とホームズの会話）　　　　　《独身の貴族》

サーペンタイン池（ロンドン）

トラファルガー広場の噴水（ロンドン）

サーペンタイン（ヘビ）池（The Serpentine、ロンドン） 《独身の貴族》に登場

ハイド・パークとケンジントン・ガーデンズの境界にあるヘビ状に湾曲した人造の池で、約16.6ヘクタールの面積を有する。池の中央には1826年、ジョン・レニーの設計によるサーペンタイン橋が架けられた。設計者レニーはロンドン橋の設計もした。1730年にテムズ川支流の一つ、ウェスト・ボーン川の支流をせき止めた人造池として、ジョージ2世妃のキャロライン・ダンスパックのアイデアで造られた。ヴィクトリア時代、冬場は人気のスケート場だった。池の南側の一部では、夏には大勢の男性や子どもたちが水浴びをして楽しんだが、午前8時前と午後7時半以降は水浴びが禁止された。湖畔には貸しボート屋もあった。

トラファルガー広場（Trafalgar Square、ロンドン） 《バスカヴィル家の犬》《独身の貴族》に登場

首都ロンドン（行政区としてはグレーターロンドン）のウェストミンスター行政区にある広場。古くは「ウイリアム4世広場」といった。14世紀から17世紀末頃まで王家の馬屋があったが、18世紀初頭に取り壊され未利用地となった。その後、幾つか土地利用計画案も浮上したが実現せず、トラファルガー沖海戦（1805年）における英国艦隊の勝利と、この戦いで戦死したネルスン提督を記念する国民的プロジェクト計画が実現され、広場中央に噴水と隣に巨大な4頭のライオンのブロンズ像を台座とする地上51mの円柱上にネルスン提督の記念像（Nelson's Column）が設置された（1842年完成）。その12年前のこと、1830年に空き地は公式名称として「トラファルガー広場」と命名された。広場周囲には道路が

設置され、道路を挟んだ北側にはジョン・ナッシュの構想に基づく文化施設としてナショナル・ギャラリーが建設された（1838年完成）。

アリゾナ

「次にフランクについて聞いたのはモンタナにいるとのこと、それからアリゾナに試掘に行き、さらにニューメキシコに行ったと消息を聞きました。その後、鉱山のキャンプがアパッチ・インディアンに襲われたという新聞記事が載り、死者の中に私のフランクの名前があるのを知りました。私は気絶し、何カ月もひどい病気の状態が続きました」
（ハティ・ドラン）   《独身の貴族》

H-1917 METEORITE MOUNTAIN, NEAR CANYON DIABLO, ARIZONA

アリゾナ州（米国：メトコライト山）

アリゾナ州（Arizona, State of アメリカ） 《独身の貴族》に登場

アメリカ合衆国南西部にある内陸州。1821年にメキシコがスペインから独立し、アリゾナはメキシコの所有地になったが、後に戦争や購入でアメリカの領土となった。《独身の貴族》にも描かれているように天然資源が豊富で、1800年代後半には鉱業がアリゾナの主要産業だった。

パリ

「私たちは明日にもパリに旅立つところでした。ところが、こちらのご親切な紳士ホームズさんが、今夜、私たちの所にいらっしゃいまして、どのようにして私たちの居所が分かったのかは存じませんが、私が間違っていてフランクが正しいこと、そんなに秘密にしていると、やがて困った立場に立たされることをはっきりと親切に教えて下さいました。さらにホームズさんは、ロード・セントサイモンお一人だけと話をする機会

パリ（チュイルリー宮殿：フランス）

を与えようと提案くださったのです。そこで、私たちはさっそくホームズさんのお部屋に伺ったのです」（モールトン夫人）　　　　　　《独身の貴族》

ストレタム・コモン

「これから数日間は、小箱を私の手の届かない所に置くことは絶対にしないと決め、（銀行への）往復も常に小箱を肌身離さず持ち歩くことにしました。この心構えのもと、馬車を呼び宝石を持ってストレタムの自宅へ帰りました。2階に上がり、小箱を自分の化粧室の箪笥にしまって鍵をかけるまでは、ほっとひと息もつけませんでした」
（銀行家アレクサンダー・ホルダー）　　　　　　《緑柱石の宝冠》

ストレタム・コモン（英国）

ストレタム・コモン（Streatham Common、英国） 《緑柱石の宝冠》《四つのサイン》にストレタムが登場

ロンドンとクロイドンのほぼ中間に位置するストレタム地区に約14.5haにわたって広がる共有地（コモン）。「ストレタム」とはサクソン語で「道路沿いの村」を意味する。1659年にコモンの近くに鉱泉が見つかり、鉱泉に薬効があることが知られると温泉保養地ができた。18世紀には多くの人々が訪れたが、新しい鉱泉が発見されたことでストレタム・コモンは次第にさびれ、1890年代には終焉を迎えた。

ウィンチェスター大聖堂

「我われに助けを求めているあの女性が、ウィンチェスターのまちに生活しに行ったのなら、なんの心配もしなかったろう。危険なのは、まちから5マイル（約8キロ）離れている点だ。だが、彼女が危険な目にあわされていないことは確かだ」（ホームズ）

「そう。我われに会いにウィンチェスターまで出てこられるなら、逃げることだってできるからね」（ワトスン）

「まったく。彼女は自由の身だ」

「それなら、これは一体どういうことだ。説明してもらいたいね」

「すでに7通りの説明を思いついたが、いずれも我われが知っているすべての事実に合う。どれが正しいのかは、これから聞く新しい話で分かるだろう。おや、大聖堂の塔が見えてきた。ハンター嬢の話がもうすぐ聞けるよ」

《ブナ屋敷》

ウィンチェスター大聖堂（Winchester Cathedral、イングランド南東部） 《ブナ屋敷》に登場

イングランド南東部、ハンプシャー州ウィンチェスターにある英国国教会の大聖堂。正式名称は「聖三位一体、聖ペトロ、聖パウロ、聖スウィザンの主教座大聖堂」。大聖堂はウェセックス王家のアルフレッド大王が建てたサクソン教会の跡地にノルマン人が建てたもので、完成までに約300年を要したという。

ウィンチェスター大聖堂（英国）

サウサンプトン

> ファウラー氏とミス・ルーカスルは（ブナ屋敷）脱出の翌日、結婚特別
> 許可証によりサウサンプトンで結婚し、現在、同氏はインド洋のモーリ
> シャス島の政府機関で役職に就いている。（ワトスンの記述）《ブナ屋敷》

サウサンプトン（Southampton、英国） 《アビイ館》《白面の兵士》《ブナ屋敷》など5事件に登場

イングランド南部の港町。サウサンプトン湾の北端に位置し、旧市街地には城塞都市だっ
た頃の城壁や街並みが残っている。タイタニック号はじめ、かつてヨーロッパ各地への船
便はここから出航した。緑豊かな国立公園ニューフォレストに最も近い都市でもある。中
世からサウサンプトンでは造船業が発達し、まちの主要産業として繁栄を支えた。18世紀
には軍港の機能が加わり、19世紀には一層その特色を強めた。クリミア戦争（1853-56）
や2回のボーア戦争（1880-81、1899-1902）では多くの兵隊がここから出航し戦地へ赴い
た。病院が設置され負傷者や捕虜を収容したほか、軍艦建造や修理のためのドックも造ら
れた。1840年5月にはロンドン－サウサンプトン間の鉄道が開通した。市街地の一画には

16世紀チューダー式建物が残されているほか、キャッスル・ウェイには12世紀に建立された聖マイケル教会と19世紀に建立された聖メアリ教会の古い2教会がある。《ブナ屋敷》でファウラーとミス・ルーカスルがサウサンプトンで特別結婚許可証を得て結婚したのは、格式が上の聖マイケル教会に於いてではなかったかと思われる。

S.16024.   THE OLD WALLS AND ESPLANADE, SOUTHAMPTON.

サウサンプトン（古い城壁と遊歩道：英国）

THE MEMOIRS OF SHERLOCK HOLMES

シャーロック・ホームズの思い出

「ストランド・マガジン」に掲載されたシドニー・パジットの挿し絵

ダートムア

「ワトスン、ぼくは行かなければならないよ」ある朝、朝食の席でホームズが言った。

「行くって、どこへ行くのだ」

「ダートムアさ、キングス・パイランドだ」 　　　　　《シルバー・ブレイズ》

※キングス・パイランドは架空の地名

ダートムア（トゥーブリッジズ：英国）

ダートムア（Dartmoor、英国）　《バスカヴィル家の犬》《シルバー・ブレイズ》に登場

デボン州に広がるヒースや雑草が茂る荒れ地。地形的には東西・南北とも約45キロの菱形をしており、標高も300から400メートルくらいの丘陵地帯が主である。トア（tor）と呼ばれる奇怪な形をした巨岩が50数カ所にわたり突出しており、突然発生する濃い霧や小道を濁流に変えてしまうほどの豪雨など、気象条件の厳しいところとして知られる。この地方は昔からの民間伝承、特に幽霊や各種の悪魔話が盛んな所として知られる。ドイルもそれらのうちの一つ「魔王ウィシト・ハンツマンと彼の黒い猟犬」の伝説をもとに《バスカヴィル家の犬》を書いた。鉱物資源の宝庫でもあり、1150年代までには北部で錫の採掘が始まり、1200年頃には南部まで広がった。一時はヨーロッパ最大の産出地になったが1914年に採鉱の歴史を閉じた。

エクセター

こうして、1時間ほど後には、私はエクセターに向かって飛ぶように走る1等車の隅にたまたま陣取ることになり、一方、シャーロック・ホームズのほうはといえば、鋭い真剣な顔が耳垂れの付いた旅行用の帽子で縁取られ、パディントン駅で買った新しい新聞の束に素早く目を通していた。(ワトスンの記述)　　　　　　　　　　　　　**《シルバー・ブレイズ》**

エクセターの波止場(英国)

エクセター(Exeter、エクセター、英国)　《シルバー・ブレイズ》に登場

イングランド南西部、デボンシャー州の都市。コーンウォール半島の南岸近くに位置しエクス川に面している。紀元200年頃には37ヘクタールにおよぶ集落の周囲に壁を築き、その中でサクソン人、デーン人、ノルマン人らが暮らしていた。1564年に行政がイングランドで初の船舶用運河8.8キロを建設したことでエクセターにおける貿易が復活した。現在、運河は主に観光用に使われている。

干し草

「そのうち3枚は干し草販売業者からの領収済み請求書です。1枚はロス大佐からの指示の手紙。これはボンド街の婦人帽子店、マダム・ルシュールからウィリアム・ダービシャー氏宛の37ポンド15シリング（約90万6千円）の請求書です。夫人の話ですと、このダービシャーというのは夫の友人で、時おり、その人宛ての手紙がここに来るとのことです」（グレゴリー警部）

《シルバー・ブレイズ》

干し草（英国）

プリマス

私たちが居間から出ると女性が一人廊下で待っていて、一歩前へ出ると警部の袖に手を置いた。彼女の顔はやつれ、やせこけ、真剣で最近の恐怖の跡が刻み込まれていた。

「犯人たちを捕まえましたか。見つけましたか」彼女は苦しそうに言った。
「いいえ、ストレイカーさん。しかし、こちらのホームズさんがロンドン
から私たちを助けに来てくれました、できることはします」
「ストレイカーさん、確か少し前にプリマスのガーデン・パーティでお目
にかかりましたね」ホームズが言った。
「いいえ、人違いでしょう」　　　　　　　　　　　　　《シルバー・ブレイズ》

プリマス（ホウの丘、かつてドイルは右から2番目のフラットに住んでいた：英国）

プリマス（Plymouth、英国）　《悪魔の足》《バスカヴィル家の犬》《シルバー・ブレイズ》に登場
イングランド南西部、首都ロンドンの南西約310km、イギリス海峡に面した海岸沿いにあ
る都市。16世紀後半にスペインの無敵艦隊と戦ったフランシス・ドレイク提督率いる英国
艦隊はここから出航した。17世紀には米国へ向かう移民たちの出発点にもなった。ポーツ
マスで医院を開業する前、ドイルはこの地でエディンバラ大学医学部時代の友人、ジョー
ジ・ターナヴィン・バッド医師の診療所で働いたことがある。

クリスタル・パレス（水晶宮）

「クリスタル・パレス（水晶宮）まで行き、そこの庭で1時間ほど過ごした後、1時までにはノーベリーに戻りました。ちょうど帰り道だったものですからあの家の前を通り、前日、私のことを見ていた奇妙な顔がわずかでも見えるかと思って少しの間立ち止まり、窓を見上げたのです。ホームズさん、私がそこでどんなに驚いたか想像してください。私がそこに立っていますとドアが突然開き、なんと中から妻が出てきたのです」
（グラント・マンロー）
《黄色い顔》

クリスタル・パレス（水晶宮：ロンドン）

クリスタル・パレス（Crystal Palace、水晶宮） 《四つのサイン》《黄色い顔》に登場
1851年にロンドンで世界初の万国博覧会が開かれた時、ジョゼフ・パクストン設計による鉄骨とガラスで造られた巨大な展示会場が出現したのがクリスタル・パレスだ。建物中央に設置された高さ30mの半円形の袖廊は、ハイド・パークにそびえたつ3本のニレの大木を、そのまま建物の中に取り込む目的だった。斬新な建物は、建設中に雑誌「パンチ」に

よって"クリスタル・パレス（水晶宮）"と名付けられた。1851年10月15日に第1回万国博覧会が閉幕した後、水晶宮はロンドン南部のシデナムの丘に移築され、1854年6月10日に再オープンした。旧水晶宮が3層だったのに対して新水晶宮は複雑な5層構造となった。種々のイベントが開催され、1865年以降は毎年夏の花火大会が人気を博したが、建物は1936年に原因不明の火事で焼失した。

コーポレーション街（バーミンガム市）

「『正直に言わせていただきますが』私は言いました。『モースン証券は年200ポンド（約480万円）しかくれません。しかし、モースンは安全です。ところが、あなたの会社については実際のところよく知りません』。『なるほど、まさにごもっともです』男は大喜びしたように叫びました。『まさに、あなたこそうってつけの方だ。これ以上の質問は必要ありません。適任の方だ。さて、これは100ポンドの小切手です。わが社へ来ていただけるのなら、どうぞ、給料の前払い金としてポケットへお納めください』『大盤振る舞いですね』私は言いました。『いつから仕事に就けばいいのですか』『明日の午後1時にバーミンガムに来てください』その男は言いました。『ポケットに手紙を持参して来ましたから、これを兄に渡してください。兄はコーポレーション街126番Bにおります。そこに会社の仮事務所があります』」（ホール・パイクロフトの話）

《株式仲買店員》

コーポレーション街（Corporation Street、英国バーミンガム市） 《株式仲買店員》に登場
英国バーミンガム（Birmingham）市の中心部に位置する繁華街。北は王立裁判所から南はニュー・ストリートの中心部に至る街路。コーポレーション街創設の契機はスラム街一掃を目的に1875年に施行された「労働者住居促進法」による。ここは、この法律に基づき造られた英国初の街路だった。時の市長ジョゼフ・チャンバレインの「パリ大通り」風の街路を造ろうという熱意のもとに計画された。全体計画93エーカーのうちコーポレーション街は45エーカーを占める。当時の予算で130万ポンドが計上され、600余の建物が買収・解体された。工事計画はマーチン・アンド・チャンバレイン社により進められ、1878年8

月から建物解体が始まった。今も、沿線にはヴィクトリア時代の貴重な建物が残されている。「コーポレーション街」が登場する《株式仲買店員》をドイルが発表したのは1893年のこと。恐らく、当時は「新しい街」として人々の話題に上っていたのかもしれない。

バーミンガム（コーポレーション街：英国）

ローマ

「『パイクロフトさん、がっかりする必要はありませんよ』知り合ったばかりの男は、私の落胆した顔を見てこう言いました。『ローマは1日にして成らず』です。当社には豊富な資金力がありますが、まだ、事務所にはお金をかけてはいませんからね。どうぞ、お掛けになって、手紙を見せてください』
私が手紙を渡しますと、その男は注意深く手紙を読みました」（ホール・パイクロフトがホームズへした説明） 　　　　　　　　　　　《株式仲買店員》

82

ローマ（円形闘技場：イタリア）

シティ

今日の午後、死者1名、逮捕者1名を出す凶悪強盗事件がシティで発生した。大手証券会社モースン・アンド・ウィリアムズ証券は、最近、総額100万ポンドをゆうに超える有価証券を保管することになった。経営者は責任の重大さを十分認識していたので最新型金庫を導入するとともに、建物内には武装警備員1人を24時間配置していた。（「イブニング・スタンダード」紙の記事）　　　　　　　　　　　　**《株式仲買店員》**

シティ・オブ・ロンドン（City of London、ロンドン） 《株式仲買店員》に登場
首都ロンドン（行政区としてはグレーターロンドン）を構成する33行政区の一つで、一般的に「シティ」と呼ばれる独立した一つの自治体。ロンドン発展の起点となった場所で行政境界は中世とほぼ変わらない。面積も「スクエアマイル」と呼ばれる1平方マイル強（2.6km²）の狭い地域。シティの区域内には中央銀行であるイングランド銀行やロイズ・

ロンドン（保険会社）、株式取引所などが集中し世界的な金融センターの一つになっている。大英帝国の繁栄とともに、商業、貿易、金融の中心地として発展し、18世紀にシティは世界における貿易と金融、保険の中心的拠点となった。シティのチープサイドは半世紀以上にわたりシティを代表してきた大通りで、ロンドン特別市長（ロード・メイヤー）公邸であるマンション・ハウスは、ジョージ・ダンスの設計で1739年から52年にかけて建設された。

ロンドン市長公舎とチープサイド通り（ロンドン）

サセックス

「『そのとおり。しかし、我が家に伝わるこの古いしきたりをどうしようというのだろう。これにどんな意味があるというのだ』『それを突き止めるのに、たいして苦労はしないと思うよ』私（ホームズ）は言った。『君（マスグレイヴ）さえよければ一番列車でサセックス州へ行き、現場でもう少し詳しく事件を調べてみよう』」（ワトスンへ事件の説明をするホームズ）

《マスグレイヴ家の儀式書》

サセックスの湿地帯（英国）

サセックス（Sussex、英国） 《サセックスの吸血鬼》《ライオンのたてがみ》《ブラック・ピーター》など8事件に登場
英国南東部に位置する歴史的カウンティ（行政区画、行政区分）。ウェストサセックスとイーストサセックスの両自治体が英国海峡に面して広がっている。中心都市のブライトンほか、クローリー、チチェスター、ヘイスティングスなどの都市を含む。古代ローマ帝国崩壊後に形成された南サクソン人の王国であるサセックス王国の領域とほぼ同じ。"サセックス"という地名も"南サクソン人"を意味する古英語に由来する。

リヨン

私のノートによれば、ホームズがホテル・デュロンで病床に就いていることを知らせるリヨンからの電報を受け取ったのは4月14日のことだった。24時間以内に彼の病室に行き、症状は心配するほどでないと分かり一安心した。しかし、彼の鉄のような体でさえも、2カ月以上にわたる調査の精神的緊張で壊れてしまった。その間、彼は日に15時間以上も働き、彼が言うには5日間も昼夜を問わず働いたこともあったという。
（ワトスンの記述）　　　　　　　　　　　　　　　　《ライゲイトの大地主》

リヨン（フルヴィエールの丘とウィルスン橋：フランス）

リヨン（Lyon、フランス）《ライゲイトの大地主》に登場
フランス南東部にあるヨーロッパ交通網の中心都市の一つ。シーザー（カエサル）がガリアを征服するため、現在のリヨンに軍事拠点をつくったのが起源といわれる。中世は商業都市として繁栄し、ヨーロッパの商人やイタリアの銀行家たちが、ここに多く集まった。15世紀半ばに絹織物産業が確立し多くの職工もこの地に住んだ。同じ頃、ドイツで発明された印刷技術が移入され、リヨンはヨーロッパにおける活版印刷の中心地になった。19世紀後半、リヨン郊外に化学や金属関係の工場ができて工業が発達すると、かつて行政や商業の中心だった丘の東側斜面の旧市街地は次第にさびれ、20世紀前半に入ると住居環境も次第に悪化した。

オルダーショット

「事件は興味深い特徴を有している」彼（ホームズ）は言った。「例外的ともいえるほどの興味深い特徴だ。私はこの事件を調べてきたが、どうやら解決が視野に入ってきたと思っている。この最終段階で君が同行し

てくれるととても助かる」

「喜んで行くよ」（ワトスン）

「明日、オルダーショットまで行けるかい？」

「ジャクスン先生が代診してくれるよ」

「それはいい。ウォータールー駅から11時10分の汽車で出発したいのだ」

《背の曲がった男》

Wellington Street, Aldershot.

オルダーショット（ウェリントン街：英国）

オルダーショット（Aldershot、英国） 《ブナ屋敷》《背の曲がった男》に登場

イングランド南東部、ロンドンの南西約55kmに位置するヒースに囲まれたハンプシャー州の都市。「オルダーショット」の名前は、この地域に生えていたハンノキ（alder）に由来する。1850年以前は人口も少なく農業には不適の荒れ地だったが、クリミア戦争当時の1854年、英国陸軍が4000ヘクタールの土地を常設訓練キャンプとして買い上げオルダーショット駐屯地が創設された。人口も1851年の875人から、1861年には兵隊（9000人）を含め1万6000人以上へと急増した。ホームズの時代、1894年から始まった「オルダーショット軍楽隊行進」は、当初は軍の慈善事業にあてる資金調達が目的だったが、1930年代の末までには毎年4万ポンドを集める人気イベントへと発展した。

ロンドン大学

「まず初めに、私自身のコレッジ時代のことについて少しお話させていただきます。ご存じのように私はロンドン大学の卒業生でして、学生時代は教授たちから大いに前途を嘱望されていたと申し上げても、あなたは、私が自画自賛しているとはお思いにならないと思います。卒業後も研究に没頭しキングズ・コレッジ病院にささやかな地位を得まして、幸いにも強硬症の病理学でかなり注目していただき、最終的にあなた（ホームズ）のお友だちがおっしゃいましたように、神経障害に関する論文でブルース・ピンカートン賞とメダルをいただくことができました。当時、私には輝かしい将来が待っているとの印象があったと申しても、決して過言にはならないと思います」（パーシー・トレヴェリアン医師）

《入院患者》

ロンドン大学（インペリアル・インスティチュートとロンドン大学：ロンドン）

裁判所

「メラスさんにここへ来てくれるよう頼んである」マイクロフトが言った。「彼は私の上の階に住んでいて、ちょっとした顔見知りだ。だから困ったことが起きて相談に来たという次第だ。メラスさんはギリシア系だそうだが、驚くべき外国語の達人だ。裁判所で通訳の仕事をしたり、ノーサンバーランド街のホテルに滞在する裕福な東洋人のガイドをしたりして生計を立てている。彼の驚くべき経験をメラスさん自身に語ってもらおうと思う」(マイクロフト・ホームズ：シャーロックの7歳上の兄)

《ギリシア語通訳》

王立裁判所(ロンドン)

裁判所(The Royal Courts of Justice、ロンドン)
《ギリシア語通訳》に登場
正式には王立裁判所(The Royal Courts of Justice)という。設計者はジョージ・エドマンド・ストリート。ヴィクトリア時代後期に流行したネオ・ゴシック様式の建築で、正面ファサードにはポートランド石が使われている。内部には1000以上の部屋があり19の法廷を有している。この裁判所を建てるに当たり、343軒の家屋が取り壊され3つの道路が姿を消したという。裁判所は1882年12月4日に始業した。

ケンジントン

「ギリシア人の友人が仕事の関係で会いに来たが、自分は母語しか話せないので通訳の助けが必要なのだと、その人は言っていました。また、その人の自宅はケンジントンで、ここからは少し離れているとも言いました。非常に急いでいるらしく、階段を降りて街路まで出ると私に早く辻馬車に乗るようせきたてたのです」（ギリシア語通訳のメラス）

《ギリシア語通訳》

ケンジントン・ガーデンズ（ロンドン）

ケンジントン・アンド・チェルシー（Kensington and Chelsea、ロンドン）　《瀕死の探偵》《ギリシア語通訳》《六つのナポレオン像》など8事件に登場

ロンドン中心部に位置し、グレーターロンドンを構成する33行政区の一つ。1965年にケンジントンとチェルシーが合併して現名称になった。西はハマースミス、北はブレント、東はウェストミンスター、南はチェルシーに続いている。高級住宅街として知られるが、ここに貴族の邸宅が建ち始めたのは17世紀の初頭。現在のケンジントン・ハイ・ストリートとノッティング・ヒル・ゲート間の斜面にノッティンガム・ハウス（後のケンジントン・

パレス）やゴア・ハウス（現在、ここにはアルバート・ホールが建っている）などが建てられた。1850年代にサウス・ケンジントン地区が宅地開発され住宅地が拡大した。19世紀の初頭には人口約1万人だったが1901年に17万6千人に増え自治区へと発展した。

ブダペスト

何カ月か後のこと、私たち（ホームズとワトスン）のところに奇妙な新聞記事の切り抜きがブダペストから送られてきた。その記事は、女性を伴って旅行していた二人のイギリス人男性が悲劇的な最後を遂げたことを報じていた。二人は差し違えたらしく、ハンガリー警察の見方は、男たち同士が喧嘩をして互いに致命傷を負わせたというものだった。しかし、ホームズの考えは違っているようで、彼は今日まで、あのギリシア娘を見つけられたら、彼女と兄が受けた仕打ちに対してどのように復讐がなされたかが分かると思っている。　　　　　　　　　　**《ギリシア語通訳》**

ブダペスト（上の建物は国会議事堂：ハンガリー）

ブダペスト（Budapest、ハンガリー） 《ギリシア語通訳》に登場

ハンガリーの首都。ドナウ川の右岸（下流へ向かって右側）の丘陵地帯であるブダとオーブダ、左岸の平地にあるペシュトのまちが統合され1873年に人口約30万人の首都ブダペストが誕生した。1870年代はブダペストの産業革命期であり、ドナウ川の川沿いには繊維、製粉、化学などの大工場が誕生した。また、ドナウ川最大の河港として工業製品や原材料の積み下ろしも盛んだった。都市計画による整備が行なわれ近代化が進んだ結果、1896年にはロンドンに次ぐ世界2番目の地下鉄も開通した。1843年に架橋された現存9橋のうち「くさり橋」が最古でブダペストのシンボルになっている。現在、ブダペストは「ドナウの真珠」とも呼ばれる。ブダの景観を形成する王宮の丘、マーチャーシュ教会、ゲレルトの丘とツィタデッラ（要塞）は世界遺産に登録されているほか、80以上の源泉を有する世界有数の温泉都市である。

外務省、セント・ジェームズ・パーク

> 拝啓、ワトスン君
>
> 君が3年生の時5年生にいた'オタマジャクシ'フェルプスのことを覚えていることと思います。また、私が叔父の影響力により外務省で立派な職を得たことや責任と名誉ある地位についたことはお聞きおよびかもしれません。しかし、突然、恐ろしい災難が起きて私の将来は台無しになりそうなのです。（パーシー・フェルプスからの手紙）《海軍条約文書事件》

外務省庁舎（Foreign Office） 《空き家の冒険》《海軍条約文書事件》に登場

外務省の建物はセント・ジェームズ・パークの東側に位置し、内務省、植民地省（当時）などと隣接している。これらの建物はギルバート・スコット卿の設計によりイタリア様式で1868年から73年にかけて建設された。

セント・ジェームズ・パーク（St James's Park、ロンドン） 《海軍条約文書事件》に登場する外務省の手前に広がる公園

ロンドンを代表する公園の一つで約0.2平方キロメートルの面積を有する。ロンドンにある8王立公園の中では最古。バッキンガム宮殿や官庁街であるホワイトホールに接している。公園名は、かつてここに「セント・ジェームズ養護施設」があったことによる。公園整備前は養護施設敷地内の湿地帯だったことから、現在も園内の多くの部分を池が占めている。その後、ヘンリー8世の時代に王室所有地となり狩猟場として利用された。現在の形は

1828年に建築家ジョン・ナッシュの手で改造が行なわれたことによる。彼の計画はリージェンツ・パークのように周囲に高級テラス・ハウスを巡らせるものだったが、実現したのはペル・メル街に面したカールトン・ハウス・テラスだけだった。

外務省の建物とセント・ジェームズ・パーク（ロンドン）

ナルボンヌ、ニーム

思い出していただけたかもしれないが、私（ワトスン）の結婚と続く医院開業の後、ホームズと私の間にあった非常に親密な関係はいくらか薄まった。それでも彼は調査で仲間が必要になると、たまに私のところへ来たが、そういう機会もだんだんと減り、1890年に私が記録した事件は3件だけだ。この年の冬から1891年の早春にかけて、彼が最も重要な問題でフランス政府から依頼を受けたことは新聞で見たし、ホームズからはナルボンヌとニームで投函された2通の手紙受け取り、それらから彼のフランスでの滞在が長くなりそうだと思った。　　　　　**《最後の事件》**

NARBONNE (Aude) — Tour et la Terrasse du Musée

ナルボンヌ（塔と博物館のテラス：フランス）

ナルボンヌ（Narbonne、フランス）　《最後の事件》に登場

フランス南西部、地中海沿岸の都市。カルカソンヌの東約60km、モンペリエの南西約100km
にある。約5kmに達する砂浜海岸「ナルボンヌプラージュ」で知られる。地中海性気候で
冬は暖かく夏は乾燥して日差しが強い。起源はケルト民族のひとつ、エリシク族が、今の
市の中心より約4km北にあるモンローレスの丘に城塞都市（オピドゥム）を建設したこと
による。紀元前118年、ここにローマ人が進出し「コロニアナルボマルティウス」と称す
るガリア最初のローマ植民地を建設した。16世紀初頭にはフランス王国に合併されたが、

100. NIMES – Quai de la Fontaine – A. R.

ニーム（フォンテーヌ公園へ続く運河：フランス）

紀元前から野生のブドウが自生しており、ワインの生産地として古くから知られた。南部では運河を運搬に利用していたが、19世紀には鉄道の発達で運河利用の必要性が減少した。だがワイン生産が繁盛していたので運河利用がなくなることはなかった。自然環境が豊かで地中海・ナルボンヌ地域自然公園に属する。

ニーム（Nimes、フランス）　《最後の事件》に登場

フランス南部、地中海とサントラル高地の南端、セベンヌ山脈の間にあるバランドック（Bas-Languedoc）平野にある都市。石灰石の荒れ地と低灌木 "ガリーグ" に覆われた丘陵の麓に位置する。"ガリーグ" とは特定の樹木名ではなく、地中海沿岸部に自生している植物類を指す。ローズマリー、オリーブもガリーグの一種でブドウ畑を囲うように自生する。かつては絹の生産など繊維工業が行なわれた。「フランスのローマ」とも呼ばれ、市内には古代ローマ時代からの橋、神殿、円形劇場など多くの遺構が現存する。まちの名前はローマ人の村にあった泉、ネマウスス（Nemausus）に由来する。紀元1世紀に建てられた円形闘技場は保存状態がよく今でも使用される。11世紀末に建設されたノートルダムエサンカストール大聖堂は宗教戦争で被害を被ったが19世紀に再建された。

オックスフォード街

> 「ワトスン君、モリアーティ教授はぐずぐずして好機を見逃すような男ではない。正午頃、ぼくがオックスフォード街での用事を済ますために外出した時のことだ。ちょうどベンティンク街からウェルベック街の交差点に通じる角を曲がった時、ふた2頭立ての馬車が猛烈な勢いでぼくめがけて走ってきた。ぼくはパッと歩道へ飛びのいて1秒の差で助かった」
> （ホームズ）
> 《最後の事件》

オックスフォード街（ロンドン）

オックスフォード街（Oxford Street、ロンドン） 《青いガーネット》《恐喝王ミルヴァートン》《空き家の冒険》《バスカヴィル家の犬》など10事件に登場

ロンドンを代表する繁華街の一つ。マーブル・アーチからセント・ジャイルズ・サーカスまで約2kmの街路。昔は道路状況も悪く沿道には粗末な家が建ち並んでいた。住宅地として確立したのは18世紀末。1840年にはプリンセス劇場がオープンしたが、今のような大型店舗が軒を連ねるようになったのは19世紀後半のことだ。オックスフォード街の大型店舗の特徴は扱う品物が主に庶民向けの生活用品であり、庶民のための商店街といわれる。

パリ

私（ワトスン）は数分間、一人の尊いイタリア人司祭の手助けをしたが、司祭は片言の英語で荷物運搬人（ポーター）に、手荷物はパリまでの運搬賃を払ってあるので託送してほしい旨を分からせようと奮闘していた。それから私がもう一度あたりを見回してから客室に戻ると、切符に関係なく、その荷物運搬人が老いたイタリア人の友人を私の旅の道連れにしていた。

《最後の事件》

27　PARIS. - Vue des Sept Ponts prise de Saint-Gervais. - ND.

パリ（サン・ジェルヴェから7つの橋を見る：フランス）

カンタベリー

「それでは、君（がモリアーティ）ならどうするね」（ワトスン）

「臨時列車を手配するさ」（ホームズ）

「でもそれでは間に合わないだろう」

「いや。この汽車はカンタベリーで停まるが、連絡船の都合で少なくとも15分はいつも遅れる。そこで私たちに追いつくという訳さ」《最後の事件》

カンタベリー（英国）

カンタベリー（Canterbury、英国）　《最後の事件》に登場

イングランド南東部、ロンドンの東南東約90kmのスタウア（Stour）川沿いに位置する。英国国教会の総本山であるカンタベリー大聖堂があり、英国における聖地の一つとして中世からキリスト教徒の巡礼地として栄えてきた。大聖堂は英国国教会が成立した16世紀に国教会の総本山となり、聖アウグスティンが初代カンタベリー大司教となった。英仏海峡に近いことから、ここは昔からたびたび外敵の侵入を受けた。851年にはヴァイキング、1011年にはデーン人の襲来を受け、まちは炎上した。その後、ここを支配したノルマン人はまちの周囲に壁を、南の境には城を築いた。1070年にノルマン人たちは大聖堂の建設に着手し、ランフランク大司教はフランスから建築材料となる石を運ばせたという。大聖堂の増築はその後も続けられ、近年の例では1831年から40年にかけて北西の塔が建設された。

ルクセンブルク、バーゼル

「モリアーティは、ぼくがするのと同じことをまたするだろう。彼はパリまで行って、我われの荷物に注目し駅で2日間待つことだろうよ。その間に、ぼくたちはカーペット地の旅行カバンを買って、身の回り品は地元の製造業者に貢献するとして、ルクセンブルクとバーゼル経由でゆっくりスイスへ行くことにしよう」（ホームズ）　　　**《最後の事件》**

ルクセンブルクの大通り（ルクセンブルク）

ルクセンブルク（Luxembourg、ルクセンブルク）　《最後の事件》に登場

ルクセンブルク大公国（Grand Duchy of Luxembourg）の首都。ルクセンブルクはベルギー、ドイツ、フランスに囲まれた中心に位置する。また、ルクセンブルク市のほうはアルゼット川とペトリュス川の合流点にあり、両河川の切り立った岩の上に建設された城塞都市となっている。現在の都市の原型は12世紀までに形成されたという。ハプスブルク帝国の領土のときは「陸のジブラルタル」と呼ばれるほど、欧州で最も堅固な城塞都市として知られた。市の中心部にある建築物の多くは17世紀から18世紀に建造された。フランス革命時にはフランス軍に降伏したが、1815年のウィーン会議で大公国として独立を認められた。一方、1815年から1890年までの75年間はオランダ国王を元首（大公爵）とするオラ

ンダ王国との同君連合だった。オランダ国王には相続人がいなかったので、同君連合は解消し大公国として完全独立を果たした。その結果、ルクセンブルクが大公国の正式首都になった。

#948 Basel - Panorama von der Elisabethenkirche

バーゼル（エリザベート教会からの眺め。右にバーゼル大聖堂を見る：スイス）

ブリュッセル

私たちはその夜のうちにブリュッセルまで行き、そこで2日間を過ごし、3日目にストラスブールまで行った。月曜日の朝、ホームズはロンドンの警察に電報を打ち、夕方、ホテルに戻ると返事の電報が届いていた。ホームズは、その電報を引き裂くように開封すると、敵意に満ちた呪いの言葉を発して暖炉に投げ込んでしまった。（ワトスンの記述）

《**最後の事件**》

ブリュッセル（ベルギー）

ブリュッセル（Brussel/Bruxelles、ベルギー） 《最後の事件》《株式仲買店員》に登場

ベルギー王国の首都。同国中央部、サンヌ川の沖積平野に位置する。オランダ語の「湿地に浮かぶ村」が地名の由来。中世初期にフランク人が定住し、10世紀末にロタリンギア公が城塞を築いたことで政治・商業の中心となった。12世紀の中頃にケルン―ブリュージュ間の交通の要衝となった。15世紀にハプスブルク帝国の支配下となり、その後もオーストリア、フランス、オランダなどの支配を経たのち、1830年にオランダからの独立戦争に勝ってベルギーは独立を宣言した。1831年にドイツからレオポルドを初代国王に迎え、ベルギー王国誕生とともに首都となった。

ルツェルン

その封筒には、私たち（ホームズとワトスン）が出発したばかりのホテルのマークが入っていて、主人から私（ワトスン）に充てられたものだった。私たちがチェックアウトした後、わずか数分以内に肺結核の末期状態にあるイギリス人女性が到着したらしかった。彼女はダヴォス・プラッツで冬を過ごし、それからルツェルンで友人と落ち合って旅を続け

る予定だったのだが、突然喀血したという。（ワトスンの記述）

《最後の事件》

ルツェルンとリギ（スイス）

ルツェルン（Luzern、スイス） 《三人のガリデブ》《最後の事件》に登場

スイス中部、ルツェルン州の州都。中央スイスの文化・経済・観光の中心。1178年に貴族
エッシェンバハ家によりまちが造られた。16世紀の宗教改革時にもルツェルンはカトリッ
クを守ったので、中世から続く伝統的なファスナハト（カーニバル）が今でも行なわれる。
怖い面をつけた一団や華やかな衣装を着飾った面々がまちを練り歩く祭りは有名だ。ここ
はリギ山、ピラトゥス山などへの観光の出発点であり、ロイス川に架かるカペル橋など、市
内にも多くの観光スポットがある。

THE HOUND OF THE BASKERVILLES

バスカヴィル家の犬

"THE HOUND OF THE BASKERVILLES."

「ストランド・マガジン」に掲載されたシドニー・パジットの挿し絵

プリンスタウン監獄

「ここの、建物が少し集まっている所がグリンペン村（架空）で、我らが友人のモーティマー医師が本拠を構えている所だ。半径5マイル（約8キロ）以内にあるのはご覧のように点在するわずかばかりの家だけだ。これがラフター邸で話の中にも出ていた。ここにあるのは、あの自然観察者の家かもしれない―ぼくの記憶が正しければ、たしかステイプルトンという名前だった。ここに農家が2軒ある、ハイ・トアとファウルマイヤだ。そこから14マイル（約22キロ）離れて、プリンスタウンの監獄がある。これらの散在している建物の間とその周囲には、荒涼とした無機質なムア（荒野）が広がっている。これがその、悲劇が演じられてきて、我われがその再演の手を貸すかもしれない舞台だ」（ホームズ）

《バスカヴィル家の犬》

プリンスタウン（後方の建物群はダートムア刑務所：英国）

プリンスタウン監獄（Dartmoor Prison, 英国） 《バスカヴィル家の犬》《四つのサイン》に登場

かつて、デボン州ダートムアの中央部、プリンスタウン（標高319m）にあった刑務所。正式名称は「ダートムア刑務所」。当初はナポレオン戦争におけるフランス人捕虜収容所として1806年から建設工事が始まった。1808年の竣工とともに捕虜収容が始まったが、戦争終結により施設は無人化した。利用法が検討された結果、1850年に刑務所として再始動し、1880年代には囚人たちが砕石場で花崗岩の切り出しに従事した。現在は観光センターとして利用されている。

ニューカッスル

（宿泊者）名簿を見るとバスカヴィルの後に2組の名前が書き加えられていた。一つはニューカッスルのセオフィラス・ジョンスン一家のもの、もう一つはオールトンのハイ・ロッジ、オールドモア夫人とメイドの名前だった。（ワトスンの記述）　　　　　《バスカヴィル家の犬》

ニューカッスル・オン・タイン（アームストロング公園：英国）

ニューカッスル・オン・タイン（Newcastle upon Tyne、英国） 《バスカヴィル家の犬》に登場

イングランド北東部、タイン・アンド・ウェア州にある工業都市。ローマ帝国軍がタイン川に沿って侵攻した時、河口から約12kmの現在地に砦を築いたことが起源という。「ニューカッスル」の名は、1080年にウイリアム１世（征服王）の長男がここに“新しい城”（new castle）を築いたことに由来する。13世紀から14世紀にかけて都市を囲む壁が建設され、毛織物産業や石炭貿易で栄えた。16世紀に石炭積み出しが始まり、その後、産業革命による重化学工業化は市を急速に発展させた。市の北方に位置するノーサンバーランド炭田が開発されたことで、ニューカッスルは英国有数の石炭積出港になると同時に、タイン川沿いにアームストロング大砲で知られる重工業メーカー、アームストロング社の工場が建設された。造船業も盛んで、19世紀末頃には世界の４分の１の船舶がここで造られた。商業活動も盛んになり中心市街地が急速に発展した。これは建築家ジョン・ドブスンらに負うところが大きく、1825年から40年にかけて進められた。

トラファルガー広場

「素晴らしい。どこでその客を乗せたのか、それから起きたことをすべて話してくれたまえ」（ホームズ）

LONDON. *Trafalgar Square and National Gallery.*　　　No. 53

トラファルガー広場とナショナル・ギャラリー（ロンドン）

「午前9時半にトラファルガー広場で呼び止められました。自分は探偵だと言って、もし一日中、言われたとおりに動き、しかも何も訊かなかったら2ギニー（約50,400円）くれるというのです。私は喜んで承知しました。まずノーサンバーランド・ホテルに行き、そこで待っていると、やがて二人の紳士が出てきて客待ちの辻馬車に乗り込みました。その辻馬車の後をつけて行くと、どこか、この辺りで止まりました」（御者の話）

《バスカヴィル家の犬》

プリマス

（ヘンリー）準男爵は以前サー・チャールズが設計を依頼したことがあるロンドンの建築家や建築業者と連絡をとっており、ここも間もなく大改築が始まるものと期待できる。室内装飾家や家具屋がプリマスから来ているし、私たちの友人が一族の威風を取り戻すためには労力と出費など惜しまないほどの壮大な計画と財力を持っているのは明らかだ。（ワトスンの記述）

《バスカヴィル家の犬》

プリマス（ギルドホール前広場と郵便局：英国）

下院

「あの、望遠鏡を持った紳士は誰ですか」（ホームズ）

「あれはバスカヴィル海軍少将です。西インド諸島でロドニーに仕えていました。青い上着を着て巻紙を手にした人はサー・ウィリアム・バスカヴィル。ウィリアムはピット首相のもとで下院の議会委員長を務めた人です」（サー・ヘンリー・バスカヴィル）

「では、私の向かい側の騎士―黒いビロードとレースの人物は」

「はい、あなたには彼について知る権利があります。あれこそ、あらゆる災いのもと、バスカヴィル家の犬伝説の元になった例の邪悪なヒューゴです。私たちがこの男のことを忘れることはないでしょう」

《バスカヴィル家の犬》

下院議場（ロンドン）

108

ヨーク

「奥さんですって」彼女（ローラ・ライオンズ）は再度言った。「彼（スティプルトン）は結婚なんかしていません」

シャーロック・ホームズは肩をすくめた。

「それを証明してください。私に証明して。もし、あなたにできるなら」

彼女（ローラ・ライオンズ）の激しい目の輝きはどんな言葉よりも雄弁に物語っていた。

「そのつもりで用意してきましたよ」そう言うと、ホームズはポケットから数枚の紙を取り出した。「これは、4年前にヨークで撮られた二人の写真です。『ヴァンデラー夫妻』と裏に書き込まれていますが、男のほうが誰だかお分かりですね。そして、見覚えがあるなら、女性のほうもすぐにお分かりになるはずです」

《バスカヴィル家の犬》

ヨーク（英国）

109

ヨーク（York、英国） 《バスカヴィル家の犬》に登場

イングランド北部の都市。1世紀頃に古代ローマ人の手で要塞が建設されたことが都市の起源。7世紀にノーサンブリア国王がキリスト教の洗礼を受け、ここに大司教座が置かれるとイングランド地方におけるキリスト教の拠点として発展した。9世紀にこの地を制圧したヴァイキングが名付けたヨービック（Jorvik）が地名の由来といわれる。1427年に竣工したヨークミンスター寺院は現存する英国最大のゴシック建築で、美しいステンドグラスが特徴。中世後期には周辺部で産出される羊毛や毛織物の集散地となり、市内を流れるウーズ川を利用して各地へ出荷された。

トロント

軟泥に生えているワタスゲの茂みの中から何か黒っぽいものが突き出ていた。ホームズがそれを取ろうと小道から進み出ると腰まで沈んでしまい、もし、私たちがその場で彼を引っぱり上げなかったら、ホームズは二度と固い地面の上に立つことはできなかっただろう。彼は黒い古靴の片方を宙にかざした。「メイヤーズ、トロント」と内側のレザーにプリントされていた。（ワトスンの記述）

《バスカヴィル家の犬》

トロント（Toronto、カナダ） 《バスカヴィル家の犬》に登場

オンタリオ湖南西岸にあるカナダ最大の都市でオンタリオ州の州都。先住民が付けた「トランテン（人の集まるところ）」が地名の由来という。比較的温暖な気候に加え、オンタリオ湖を眼前に緩やかに傾斜する肥沃な土地が広がる。カナダが英国領になった後も、ここには小規模な毛皮交易所と先住民の野営地しかなかった。後にアメリカ独立戦争で避難してきた王党派の人々が流れ込み、1791年にアッパーカナダ（後のオンタリオ州）が誕生した。2年後の1793年に港のそばにヨークと名付けられた小さな町ができ、ここがアッパーカナダの州都となった。3年後の1796年には北のオンタリオ湖と南のシムコ湖を結ぶ道路が開通したが、16年後の1812年になっても人口は約700人に過ぎなかった。やがて英国からの移住者が農業に従事し人口が増加した。同時に物資供給基地や金融の拠点として町が発展し、1834年に「トロント市」が誕生した。1840年代から50年代にかけてオンタリオ湖の水運と鉄道の拠点となり、1867年にカナダ連邦の誕生と同時にオンタリオ州の州都となった。19世紀末には工業化が進み、鉄道需要も増して、オンタリオ湖沿岸を走る鉄道沿線に農業機械や織物業、印刷業、鋳造業などの工場が進出した。

St. James Cathedral, Toronto, Canada.

トロント（セント・ジェームズ大聖堂：カナダ）

大英博物館

「大英博物館で調べたところ、あいつ（ステイプルトン）はその分野では
認められた権威者で、『ヴァンデラー』という名前は、あいつがヨークシ

ャー州時代に、初めてその特徴を明らかにした蛾に付けられている」
（ホームズ）

《バスカヴィル家の犬》

大英博物館（ロンドン）

大英博物館（British Museum、ロンドン）　《青いガーネット》《ウィステリア荘》《マスグレイヴ家の儀式書》
など5事件に登場

館の設置は下院において1753年6月7日に可決され、法令に基づき創立された。実際の開館
は6年後の1759年1月15日だった。現在、世界一を誇るこの博物館も、もとはハンス・ス
ローン卿という一民間人の膨大な蔵書と古美術品コレクションから誕生した。卿はアン女
王の侍医を務めた医師で天然痘の予防にも尽力したほか、ニュートンに次いで英国王立協
会の会長もつとめた。当初、博物館の建設予定地としてバッキンガム公の宮殿敷地が候補
に上がったが、最終的にモンタギュー公爵ラルフ・モンタギューの屋敷 'モンタギュー・
ハウス' のある場所に決まった。そこで1657年、ブルームズベリー地区のグレート・ラッ
セル通りとブルームズベリー通りが交差する一画に博物館は建設された。初代の建物は
1686年の火災に焼失したが、後年、天才建築家クリストファー・レンの設計で規模、外観
とも同様の建物が復元された。収蔵品増大に伴い、1823年からは新館の建設が始まった。
新しい建物は古いモンタギュー邸を取り壊して、ロバート・スマート卿の設計で1858年に
完成した。

THE RETURN OF
SHERLOCK HOLMES

シャーロック・ホームズの帰還

"THE CARRIAGE RATTLED PAST."

「ストランド・マガジン」に掲載されたシドニー・パジットの挿し絵

ハイド・パーク

夕方、ハイド・パークをぶらぶらと歩いて行くと、6時頃にはパーク・レーンのオックスフォード街寄りの端に着いた。歩道にいる野次馬たちが、皆、ある特定の窓を見上げていて、私が見にきた家を示していた。
（ワトスンの記述）

《空き家の冒険》

ハイド・パーク（ザ・デル：ロンドン）

ハイド・パーク（Hyde Park、ロンドン）　《空き家の冒険》《黄色い顔》《ボヘミアの醜聞》など6事件に登場

ロンドンの公園を代表する王立公園。面積約140ヘクタールは日比谷公園（東京）の9倍弱の広さに相当する。公園東側は高級ホテルが連なるパーク・レーンに区切られ、西側はアレグザンドラ・ゲートとヴィクトリア・ゲートを結んで南北に走る道路を境にケンジントン・ガーデンズに接する。19世紀にアルバート・メモリアルが建設されると、それを公園内に取り込むためマウント・ゲートとパレス・ゲートを結ぶ道路の南側部分が新たにハイド・パークに編入された。北側はベイズウォーター・ロードに接し、南はナイツブリッジの大通りが走る。かつて、ハイド・パークは「ハイド荘園」の一部だったが、1536年にヘンリー8世による修道院解散令で王領地となった。17世紀に公園として使われた時期もあったが、王政復古で再度王室領地となり、1768年まで鹿狩り場として使われた。19世紀には1851年に開催された世界万国博覧会の会場となり、パクストン設計によるガラスと鉄

でできた水晶宮（Crystal Palace）が展示会場として建設された。5月から10月半ばの会期中に600万人を超える入場者があったという。

ハルツーム

「ぼくはペルシアを通ってメッカにちょっと立ち寄り、ハルツームのハリーファ（イスラム国家最高権威者の称号）に短時間ながら興味深い訪問をして、その結果を外務省に伝えておいた」（ホームズ）　**《空き家の冒険》**

ハルツーム（青ナイル川の西方を見る：スーダン）

ハルツーム（Khartoum、スーダン）《空き家の冒険》に登場

アフリカ北東部（エジプトの南）の国、スーダンの首都。「ハルツーム」とは「ゾウの鼻」の意味。白ナイル川（本流）、青ナイル川（支流）が合流する地形が「ゾウの鼻」の形に似ていることに由来する。エジプト古代王朝から集落があったが、今のハルツームの起点は1818年。当時、エジプト総督だったムハマンド・アリーのスーダン征服による。1821年、

ムハマンドの息子イブラヒムがエジプトによるスーダン支配の拠点としてハルツームを建設した。ハルツームは軍事的拠点であり、ナイル川交通の要衝であることから奴隷や象牙の貿易中継地としても栄えた。ホームズの時代、1885年にスーダン初の民族主義運動といわれるマフディー（救世主）運動が起きた。先導者の「マフディー」とは、じつはムハンマド・アフマドであり、彼はハルツームを攻略した後、対岸のオムドゥルマンに基地を建設した。ムハンマド・アフマドが急逝し、後継者が対岸のオムドゥルマンを首都とするマフディー国家を樹立したが、1898年、当時エジプトを支配していた英国に屈し、翌99年、スーダンは英国・エジプト共同統治となり、再度、ハルツームがスーダンの行政の中心となった。

グルノーブル

「じつによく、ぼくに似ている」（ホームズ）

「まったく君そのものだと断言するよ」（ワトスン）

「出来栄えに関しての名誉はグルノーブルのムッシュ・オスカル・ムニエに与えられるべきものだ。何日もかかって型をつくってくれたのだから

グルノーブル（フェリックス・プラ通り：フランス）

ね。本体は蝋でできた胸像だよ。それ以外のところは、今日の午後、ベイカー街の下宿へ行った時に自分で完成させたのだ」　　　《空き家の冒険》

グルノーブル（Grenoble、フランス） 《空き家の冒険》に登場

フランス南東部、イゼール川とドラッグ川の合流地点に位置する。16世紀末から織物、なめし革、手袋など手工芸が発展した。19世紀に入ると手袋生産が機械化され、中頃には鉄道も開通したので、石灰岩を原料としてセメントが製造され始めた。19世紀後半には製糸業、水力発電、冶金などの産業が発展し、20世紀になると水力資源を利用して電気冶金や電気化学工業が発展した。イゼール川南側に広がる旧市街には歴史的建造物が多くある。グルノーブルは《空き家の冒険》に登場するホームズの蝋人形を作ったオスカル・ムニエが住んでいる所という設定だ。ここには昔からムニエのような彫刻家が多く住んでいたことも、ドイルがグルノーブルを思いついた一因かもしれない。

イートン校

〔モラン・セバスチャン〕大佐。無職。元バンガロール工兵第1連隊。1840年、ロンドン生まれ。バス勲章士で元ペルシア公使サー・オーガスタス・

イートン校の教室（英国）：高学年用教室

モランの子息。イートン校およびオックスフォード大学で教育を受ける。ジョワキ戦争、アフガン戦争、チャラシアブの戦い〔殊勲報告書に名前が載っている〕、シェルプール、カブールで軍務に就く。著書『西ヒマラヤの大捕獲』（1881年）、『ジャングルでの３カ月』（1884年）、住所：コンジット街、所属クラブ：アングローインディアン、タンカービル、バガテル・カード・クラブ。（ホームズ作成の人名索引録）　**《空き家の冒険》**

イートン校の教室（英国）：低学年用教室

ケンジントン

当時、ホームズが生還して何カ月か経った時のこと、彼の依頼で私は医院を売却し、ベイカー街の古巣へ戻って彼と共同生活をしていた。バーナーという名の若い医師がケンジントンにある私のささやかな医院を買い取ったのだが、驚くほど文句なしに、私が思い切って提示した最高額

に応じてくれた─何年か後にバーナーはホームズの遠い親戚で、実際に
お金を工面したのは、わが友であることが、その時分かった。（ワトスン
の記述）　　　　　　　　　　　　　　　　　《**ノーウッドの建設業者**》

ケンジントンの自然史博物館（ロンドン）

ラッセル・スクエア

「昨年、私はヴィクトリア女王即位60年祭（1897年6月22日に祝賀され
た：田中注）を見にロンドンにやって来まして、ラッセル・スクエアに
ある下宿屋に泊まりました。私の教区教会のパーカー牧師もそこに泊ま
っていたからです。そこにアメリカ人の若い女性─パトリック、エルシ
ー・パトリックがいました」（ヒルトン・キュービット）　《**踊る人形**》

RUSSELL SQUARE, LONDON.

ラッセル・スクエア（ロンドン）

ラッセル・スクエア（Russell Square、ロンドン） 《踊る人形》に登場

ロンドンで一番大きい広場。1799年から1800年にかけて、ここにあったベドフォード・ハ
ウスを解体し、広場を中心とした再開発計画が始動した。手がけたのはハンフリー・レプト
ン。本来、「ラッセル」の地名はブルームズベリー一帯の地主であった貴族のラッセル一族
（ベドフォード伯爵、後に公爵家）に由来する。広場の西側にはジェームズ・バートン設計
の建物が現存する。バートンは建物ばかりでなく下水道などのインフラ整備も手掛けた。広
場の北側と南側の建物は19世紀に改築され、東側の建物はラッセル・ホテル建設のために
取り壊された。広場の建設当初から、このあたりの住人には法律家や種々の専門家が多く

いた。YMCA創設者のサー・ジョージ・ウイリアムスもその一人で、1880年から亡くなる
1905年までの25年間、67番に住んだ。今、そこはホテル・プレジデントとなっている。

ノリッジ

私たち（ホームズとワトスン）がノース・ウォルシャムで下車し、目的
地の名前を言った途端に駅長が小走りでやってきた。「ロンドンからお越
しの探偵さんたちと拝察いたしますが」彼が言った。

ホームズの顔に困惑の表情がさっと浮かんだ。

「どうしてそう思うのですか」

「ノリッジからお越しのマーティン警部が今、まさに通り過ぎたところだ
からです。もしや、あなた方はお医者さまですか。彼女は死んでいませ
ん―先ほど聞いたところでは死んではいませんでした。まだ助けられる
かもしれません―ただし、絞首台に行くためになるでしょうが」

《踊る人形》

ノリッジ（ソープ村：英国）

ノリッジ（Norwich、英国）　《踊る人形》に登場

イングランド東部、ノーフォーク州のまち。ロンドンの北東約170kmに位置する。起源は
サクスン人の時代、ノルマン征服以後に大聖堂や修道院が建立されたことによる。1158年
頃、ヘンリー２世からノリッジに賦与された特許状が現存する最古の特許状といわれる。内
容は「ノリッジ市民はヘンリー２世の祖父、ヘンリー王の時代より享有してきた一切の慣
習、特権、免除規定を再認する」というもの。ノリッジはその後も中世の教会都市として
発展を続け、14世紀から16世紀にはフランドル（フランス北部）地方の織物職人が数多く
移住して来たことから羊毛工業が発展した。18世紀に入ると羊毛工業の中心がヨークシャ
ー地方に移り、ノリッジの羊毛工業は急速に衰退した。

チューダー朝式の煙突

それから男はまた自転車に乗ると、私（ワトスン）のほうから館方面へ
向かって走って行った。私は荒地を走って横切り、木々の間からじっと
目を凝らした。はるか遠くにチューダー朝式の煙突が林立している古く
て灰色の建物がちらりと見えたが、道は密集した低木の間を走っている
ので、もはや男の姿を見ることはできなかった。（ワトスンの記述）

《美しき自転車乗り》

古いチューダー式の家（ヘイスティングス：英国）

チューダー様式（Tudor style）《美しき自転車乗り》　《サセックスの吸血鬼》《ソア橋》に登場

イングランドにおける15世紀末頃から17世紀初頭頃までの建築様式。この様式は軍事目的の城郭が宮殿やカントリーハウスに変化した時代の様式という。外観の変化として窓のサイズが大きくなり数も増えたことで採光能力が向上した。防御施設の出し狭間（マチコレーション）に代わりオリエル・ウィンドウやボウ・ウィンドウなどの出窓が設けられた。ゴシック様式の尖塔から、後にチューダー・アーチと呼ばれる扁平なアーチが導入された。一般の家も含め、チューダー様式特有のものとして、煉瓦造りの煙突があげられる。当時、高価な煉瓦を住宅に使うのは贅沢だった。モールディングで型をつくって焼いた煉瓦を用い、幾何学模様のような複雑なデザインを施した煙突は、チューダー朝時代の英国のみで見られる。

イートン・ジャケット

「少年（ホールダーネス公爵の一人息子、ロード・サルタイア）のいないことに気がついたのは火曜日の朝、午前7時でした。ベッドで寝た形跡はありました。出て行く前に黒のイートン・ジャケットとダーク・グレーのズボンといういつもの制服をきちんと着たようです」（プライオリ・スクール校長、ハクスタブル博士がホームズにした説明）

《プライオリ・スクール》

イートン校のロング・ウォーク（英国）

123

イートン・ジャケット（Eton jacket, 制服） 《プライオリ・スクール》に登場

英国有数の名門パブリック・スクール、イートン校の制服として用いられる丈の短いジャケットのこと。オーソドックスなオッド・ジャケット（ブレザーなどを含む替え上着の総称）のウエストから下を切り落としたようなイメージの服。

リヴァプール

> 「ところで、警察による捜索は行なわれたのですか」（ホームズ）
> 「はい、まったくがっかりの結果でした。少年と若い男が朝早くに近くの駅から列車に乗り込んだという目撃情報があったので、手がかりはすぐに得られました。昨夜その二人がリヴァプールで見つかったのですが、この問題とはまったく関係のないことが分かったのです」
> （ハクスタブル校長）　　　　　　　　　　　　《プライオリ・スクール》

リヴァプール（ライム街：英国）

リヴァプール（Liverpool、英国）　《ボール箱》《マザリンの宝石》《高名な依頼人》など6事件に登場

イングランド北西部、アイリッシュ海に面する港湾・工業都市。ビートルズの出身地でリヴァプールサウンド発祥地として知られる。13世紀初頭、ジョン王により都市建設の勅許状が与えられ、アイリッシュ海沿岸部やアイルランドとの交易を行なう港湾都市となった。18世紀に入ると西インド諸島、また米国と西アフリカを結ぶ三角貿易の拠点となり奴隷貿易でも繁栄した。19世紀には産業革命の恩恵を受けたほか、リヴァプールとマンチェスター間を結ぶ鉄道の開業やマンチェスター・シップ運河の開通で綿花の輸入量が増大した。さらに、マンチェスターの綿織物など各種工業製品がリヴァプール港から世界に向けて輸出されるようになり、19世紀末には大英帝国最大の貿易港へと発展した。

水路

「今までのところは順調だ」。（ハクスタブル）博士がやっと部屋から出て行くとホームズが言った。「これは、成果が期待できるとすれば少なくともロワー・ギル・ムア方面にありという仮説を裏付けている。警察はジプシーを逮捕した以外、現場では何もやっていない。ワトスン、荒野を

牧草地を流れる小川（英国）

125

横切る水路が一つある。地図でここに表されているものだ。何カ所かで広がって湿地帯となっている。ホールダーネス館と学校との間ではとくにそれが目立っている」（ホームズ）

《プライオリ・スクール》

コーンウォール

「ドースン・アンド・ネリガン銀行について、お聞きになったことはありますか」（ジョン・ホプリー・ネリガン）

ホプキンズ警部の顔から彼が聞いたことがないのが分かったが、ホームズは（その言葉に）強く興味をひかれた。

「西部地方の銀行のことだね」彼（ホームズ）が言った。

「100万ポンドが払い出し不能となったことでコーンウォール地方の名家の半分を破滅させ、そしてネリガンは姿を消した」（ホームズ）

《ブラック・ピーター》

ウェスト・ヒルから見たオールド・ヘイスティングス（英国）

コーンウォール（Cornwall、英国）《ブラック・ピーター》　《悪魔の足》《赤毛組合》に登場

英国南西部に位置し"ケルト文化と妖精とアーサー王伝説に満ちあふれた土地"と称される。Cornwallは「トウモロコシ」の「壁」という意味ではなくコーンウォール語の「ケルノー（KERNOW）」、つまり「岬の人の国」という意味。一方、この半島に住んでいた種族の名前（Cornowii）に由来するとの説もある。《悪魔の足》に登場するマウント・ベイ（湾）やポルデュー・コヴも実在する。作品に登場する錫の鉱山はじめ、昔から鉱業が盛んなところで、鉱山が閉鎖された今日でも鉱石取引所の建物や、昔の繁栄ぶりを感じさせる遺構が残っている。絵葉書を掲載したまち"ヘイスティングス"は、英国史では「ヘイスティングスの戦い」が起きた場所として知られる。この戦いは1066年、フランスのノルマンディー公ギヨーム2世（ウイリアム1世）が、当時のイングランド王ハロルド2世の軍をここで破り、グレート・ブリテン島全体を支配することになったというもの。

ゴルフ

「君の仮説ですべての説明がつきますか」（ホームズ）
「もちろんです。ネリガン青年がブランブルタイ・ホテルに到着したまさにその日に犯罪が起きています。ゴルフをしに来たと言っています。し

ゴルフ場（セント・アンドリュース：英国）

127

かし、ネリガンの部屋は1階ですから好きな時に外出できます。まさに
あの夜、ウッドマンズ・リーまで行き、ピーター・ケアリに小屋で会い、
そして口論となって銛で殺害したのです」
（スタンリー・ホプキンズ警部の説明）　　　　　《ブラック・ピーター》

ハムステッド・ヒース

低木の茂みの所にうつぶせに倒れたが、ホームズがすぐに助け起こして
くれ、私たちは広大なハムステッド・ヒースの草原を全速力で横切った。
2マイル（約3.2キロ）は走ったと思うが、ホームズはついに立ち止まり、
じっと耳を澄ませた。今来た方向は、まったく静かだった。私たちは追
っ手を振り切り安全だった。（ワトスンの記述）　　《恐喝王ミルヴァートン》

ハムステッド・ヒース、乗馬道の頂上（ロンドン）

ハムステッド・ヒース（Hampstead Heath、ロンドン）　《恐喝王ミルヴァートン》《赤い輪》に登場

ロンドン北部の丘陵に広がる約320ヘクタールの緑地で一部は住宅地。ヘンリー8世の時代には洗濯女たちがロンドン上流階級の人々のため、ここで洗濯をしていた。人々が住むようになったのは17世紀末のこと。健康によいといわれる泉が発見され上流階級の人々が住むようになったのが起源。起伏に富んだ地形で、オークやブナの木立の間には草地が広がり池も点在、野鳥が数多く生息している。ハムステッド・ヒースは多くの作家や詩人たちが愛した場所だが、中でもチャールズ・ディケンズ（1812-1870）は多くの作品の中にハムステッド・ヒースを登場させた。

チジック

「はい、その記事は夕刊で読んでいました。ホラス・ハーカーさんは当店の常連さんです。何カ月か前に、あの胸像をお買い上げいただきました。ステップニーのゲルダー商会にあの種類の胸像を3個発注いたしました。今は完売状態です。誰にですかって。それは売上台帳を見れば、すぐにお答えできると思います。はい、ここに記載があります。1個はハーカーさんに、もう一つはチジックのラバナム（〔植〕キングサリ）谷、ラバナム屋敷に住むジョサイア・ブラウンさんに、最後の一つはレディング、ロウワー・グローブ通りのサンドフォードさんです」（ハーディング・ブラザース店主）

《六つのナポレオン像》

チジック（Chiswick、ロンドン）　《六つのナポレオン像》に登場

ロンドン西部ハウンズロー行政区に属する郊外地区。かつては旧ミドルセックス州（1965年まで存在）に属していたが1965年にグレーターロンドンの一部になった。Cheese Farm（チーズ農場）が地名の由来とする説もある。19世紀中期、ここはチジック・ハウスやグローブ・ハウス・アンド・サットン・コートなど地方地主の比較的大規模な土地や農場、また数多くの小さな家があった。最初の駅ができたのは1849年のことだった。人口増加に伴い教区が分割され、19世紀にクライスト・チャーチ、ターナム・グリーンなどの教区教会が建設された。1882年にハマースミ—キュウ・ブリッジ間に鉄道馬車が開通し、1901年にロンドン・ユナイティッド・トラムウェイ会社が路線を引き継いだ。その後、大きな屋敷が次々解体され小さな区画に家が建てられた。チジックは工業都市ではないが、300年

の歴史を有する「フラー・スミス・ターナー醸造所」のほか、1866年にジョン・ソニークロフトが創業した造船所がある。英国はもとより外国の軍艦などもここで建造された。

チジックのホガース・ハウス（英国）

オックスフォードのまち

1895年のこと、今さら説明するまでもない一連の出来事があって、シャーロック・ホームズと私（ワトスン）は有名な大学町の一つで何週間も過ごすことになった。これから語る小さいが教訓的な冒険が私たちに舞い込んだのはこの時だった。

....

私たちは、その時、ある図書館のすぐ近くの家具付きの下宿に滞在していた。その図書館でシャーロック・ホームズは初期のイングランド勅許状に関する手間のかかる研究を進めていた—それは非常に際立った成果

に至ったので、将来、物語のテーマの一つになるかもしれない。

《三人の学生》

オックスフォードのまち（英国）

オックスフォードのまち（Oxford、英国）《技師の親指》に登場

イングランド南東部でオックスフォード盆地の平野部、首都ロンドンからは北北西へ約90kmのところに位置する。地名の由来はOxna（牡牛の）-ford（浅瀬、渡川点）であり、最初はOxnafordaと綴られていた。19世紀に入ると急激な人口増が起き、1801年に1万2千人だった人口が51年には2万7千人、1901年には5万人に達した。オックスフォードでは伝統と格式のあるコレッジ建物群が数多く見られる。

ラドクリフ・カメラ（Radcliffe Camera、施設名・英国）　「ラドクリフ・カメラ」としては直接登場しないが、《三人の学生》に登場する図書館のモデルと思われる

オックスフォードにある英国初の円形図書館。ジェームス・ギブスの設計で1749年に竣工した。オックスフォード大学ボドリアン図書館の一施設。英国風パラディオ式建物でオックスフォード大学クライスト・チャーチの学部長だったフランシス・アテルバリーの指揮で建設が進められた。まず、"ラドクリフ科学図書館"として1737年に建設のための財団が設立された。「ラドクリフ」とはウイリアム3世からメアリ2世の治世に活躍した医師ジョ

ン・ラドクリフの名前をとったもの。これは、遺言により彼の遺産で建設されたことによる。また、「カメラ」とは写真機のことではなくラテン語で「丸天井の部屋」を意味する。

オックスフォードのラドクリフ・カメラ（図書館：英国）

ケンブリッジ大学

「このウィロビー・スミスは、アピンガム校にいた少年時代もケンブリッジ大学在学中の青年時代も、問題はまったくありません。推薦状を見ましたが、最初から礼儀正しくもの静か、勤勉な人で、これといった弱点はまったくありません」

（スタンリー・ホプキンズ警部がホームズにした説明）　　《金縁の鼻眼鏡》

ケンブリッジ大学キングス・コレッジの教会（英国）

ケンブリッジ大学（Cambridge University、英国）　《金縁の鼻眼鏡》《スリー・クォーターの失踪》《海軍条約文書事件》など5事件に登場

英国で2番目に古い大学（1209年創立）で学問的名声を確立したのは13世紀初頭のこと、パリから亡命してきた学者や、オックスフォードで町の人々と対立し、そこから逃れてきた学者や学生たちがここに住みつき研究や教育活動を始めたのが起源という。設立当初は修道会傘下の神学校の性格が強かったが、大学最古の学寮「ピーターハウス」が創立された1284年以後は神学以外の教育内容も徐々に充実していった。15世紀前半に司教と市当局から完全に独立した教育機関となった。英国国教会創設以降は国王との結びつきが強まり、大学の運営体制はコレッジが中心になった。1352年までに7つのコレッジが創立された。15世紀から16世紀になると、国王の命によりカトリック教会や修道院が次々と解体されコレッジが寄贈された。現在のケンブリッジ大学は31のコレッジ（学寮）で構成される総合大学。

テムズ川

嵐は翌日おさまっていたが、私たち（ホームズとワトスン）が遠出に出発したのは身を切るように寒い朝だった。冷たい冬の太陽の光がテムズ川の荒涼とした湿地と長く陰鬱な川面の上に昇るのが見えた。それを見て、私たちが仕事を始めた初期の頃に経験したアンダマン島人の追跡劇を思い出した。（ワトスンの記述）　　　　　　　　　　　**《金縁の鼻眼鏡》**

テムズ川とテムズハウス（オフィスビル群：ロンドン）

アレクサンドリア

「ホームズさん、煙草は吸われますよね」教授が言った。洗練された英語を話したものの、少し気取ったアクセントで奇妙だった。「どうぞ、煙草をお取りください。あなたたちもいかがですか。この煙草はお薦めです。なにしろアレクサンドリアのイオニデス商会に特注でつくらせたものですから。1度に1000本送ってくるとはいえ、2週間ごとに取り寄せなくてはならないほどなのです」（コーラム教授）　　　　　　　　**《金縁の鼻眼鏡》**

Alexandria — General View　　101

アレクサンドリア（エジプト）

アレクサンドリア（Alexandria, エジプト）　《金縁の鼻眼鏡》《三人のガリデブ》に登場

アフリカ北東部に位置するエジプト第2の都市で「地中海の真珠」の異名を持つ。エジプトは3年間のフランス軍占領を経てムハンマド・アリー（在位1805-48）の統治下になり、19世紀中期にかけてアレクサンドリアは著しく発展した。1882年にエジプトは英国の軍事占領下に置かれ一段と整備が進んだ。当時、海岸沿いには石造りや煉瓦造りのヨーロッパ風の建物が軒を連ね、世界有数のコスモポリタン都市となった。

エジプト

「はい、これは壊滅的な打撃です」老人（コーラム教授）が言った。
「あれは私の最高傑作です―あそこのサイドテーブルの上にある書類の山
です。シリアとエジプトのコプト教修道院で発見された書類を私が分析
したものです。啓示宗教の根本に深く切り込む内容となっています」（コ
ーラム教授）　　　　　　　　　　　　　　　　　　　　《金縁の鼻眼鏡》

※コプト教：紀元1世紀頃からエジプトで独自の教義を発展させた東方教会系のキリスト教の一派

CAIRO - The Tombs of the Califs.

カイロ（最高指導者の墓：エジプト）

エジプト・アラブ共和国（Egypt,Arab Republic of）　《金縁の鼻眼鏡》《最後の挨拶》《緋色の習作》に
登場

アフリカ大陸の北東に位置するアラブ国家。古代からアジアとアフリカの架け橋的存在だ
った。1798年、ナポレオンのエジプト遠征は同国の新たな歴史の幕開けとなった。フラン
スによるエジプト統治は3年間だったが、ムハンマド・アリー（統治：1805-48）は同国
を近代国家に変えていった。アリーはナポレオン退却後の1805年にウラマー（イスラム法

学者）とカイロ市民の支持を得て総督に就任した。この後、ムハンマド・アリー王朝は1952年のエジプト革命まで約150年間続くことになる（正式な王朝廃止と共和国宣言は1953年）

ケンブリッジ大学トリニティ・コレッジ

予想どおり、電報に続いてすぐ送り主がやって来た。ケンブリッジ大学トリニティ・コレッジのシリル・オーバートンの名刺は巨漢の青年の到来を告げた、体重16ストン（約101キロ）で筋骨隆々、戸口がいっぱいになるほどの肩幅で上品な顔立ちだったが、心配事でやつれた様子で私たちを順番に見た。

「シャーロック・ホームズさんですね」

我が友は頭を下げた。（ワトスンの記述）　　**《スリー・クォーターの失踪》**

TRINITY COLLEGE, CAMBRIDGE, THE GREAT COURT

ケンブリッジ大学トリニティ・コレッジ（英国）

ケンブリッジ大学トリニティ・コレッジ（Trinity College、英国） 《スリー・クォーターの失踪》に登場
トリニティ・コレッジは1546年、ヘンリー8世がマイケルハウスとキングス・ホールを統合して創立した。マイケルハウスは1324年の発足、キングス・ホールは1317年にエドワード2世の手で創立され1324年にエドワード3世により再建された。トリニティ・コレッジは創立後の100年間に急速に発展し、1564年までには全学生の4分の1を擁するまでになった。今日、我々が見るトリニティ・コレッジの建物の多くは1593年にコレッジのマスターになったトーマス・ネビルの尽力で建築された。

オックスフォード大学

「そうですね、モートンやジョンスンといったオックスフォードの俊足たちなら、あいつ（ゴドフリー・ストーントン）の周りでなんとか走り回れることでしょう。スティヴンスンときたら足はすごく速いのですが、25ヤードラインからのドロップキックができません。パントもドロップキックもできないスリー・クォーターなんて、足が速いだけでは役にたたないのです」（依頼人シリル・オーヴァートンのホームズへの説明）

《スリー・クォーターの失踪》

オックスフォード大学セント・ジョンズ・コレッジ（英国）

オックスフォード大学（University of Oxford、英国）　《空き家の冒険》《赤毛組合》《スリー・クォーターの失踪》に登場

オックスフォードにある英語圏で最古、現存する大学としては世界で３番目に古い歴史を有す。世界有数の名門大学の一つで数多くの政治家やノーベル賞受賞者を輩出している。正確な創立時期は不明ながら大学としての創立年は1167年といわれる。これは同年、ヘンリー２世が英国の学生がパリ大学で学ぶことを禁じたのを契機に、オックスフォードに学者が集まり、同時にパリから移住してきた学生たちにより大学が形成されたことによる。現在の組織は、中央機関として学部、図書館、科学施設と39のコレッジ、7つのホールがあり、大学の教職員と学生は、コレッジまたはホールのいずれかに所属することになっている。

ケンブリッジ大学

「ホームズさん、こういう事情です。すでにお話ししたように、ぼくはケンブリッジ大のラグビーチーム主将で、ゴドフリー・ストーントンはぼくが一番信頼している男です。明日はオックスフォード大との試合があります」（シリル・オーヴァートン）　　《スリー・クォーターの失踪》

ST. JOHN'S COLLEGE WITH BRIDGE OF SIGHS AND LIBRARY, CAMBRIDGE.

ケンブリッジ大学セント・ジョンズ・コレッジ（英国）

古い大学まち

私たち（ホームズとワトスン）が古い大学まちに着いた時、すでにあた
りは暗くなっていた。ホームズは駅で辻馬車を雇い、御者にレスリー・
アームストロング博士の家に行くように言った。数分後、馬車は賑やか
な本通りに面した大邸宅の前で止まった。　　《スリー・クォーターの失踪》

ケンブリッジのまち（セント・アンドリュー街：英国）

ケンブリッジのまち（Cambridge、英国）　《スリー・クォーターの失踪》に登場
イングランド南部、ロンドンの北北東約80kmに位置し名門ケンブリッジ大学がある。旧
市街地のほとんどはケム（Cam）川の東にあり、古代ローマ人たちがケム川の浅瀬付近に
建設したカンボリルム城塞を中心に発展した。ロンドンやノリッジへの道路沿いで市場町
として発展した。11世紀以降は修道院もいくつか建設された。ここのギルド（商工業者の
同業者組合）の歴史は古く、ケンブリッジ大学の多くの学寮（コレッジ）は王や貴族の寄
付で創設されたが、1352年に創設されたコーパスクリスティ・コレッジはギルドからの寄
付による。市内には大学の施設以外にも10世紀に建築されたベネディクト派教会や12世紀
のノルマン様式教会など古い建物がある。一方、1990年にグリニッジ（ロンドン）から移
転してきた王立グリニッジ天文台などの観測施設もある。

南オーストラリア

「おそらく責任の一端は私にあるのかもしれません。私は南オーストラリアのとても自由な、伝統などあまり重んじない雰囲気の中で育ちましたので、堅苦しい礼儀作法を重んじるイギリスの生活は私の性に合いません」（ブラックンストール夫人）　　　　　　　　　　　　《アビイ館》

A PEEP THROUGH THE TREES· BOTANICAL GARDENS· HOBART· TASMANIA·　　VALENTINES SERIES· M· 4647·

タスマニア（ホバートの植物園：オーストラリア）

ワーテルロー(ベルギー)

「間違いなく血だ。これだけでも夫人の話は論外だと分かる。もし、犯行時に夫人があの椅子に座っていたならば、なぜ腰掛の部分に血痕が付いているのだ。そう、夫人は夫が死んだ後に、あの椅子に座らされたのだ。賭けてもいいが、あの黒い服には尻のところに血の跡がついているはず

だ。ワトスン、我われはまだワーテルローまでたどり着いていないが、マレンゴだ。敗北で始まり勝利で終わるのだ」（ホームズ）　　《アビイ館》

※ワーテルローの戦い：1800年、ナポレオン・ボナパルト率いるフランス軍は、現在のイタリア北部マレンゴにおいてオーストリア軍に勝利した。1815年3月、エルバ島を脱出して皇帝の座に返り咲いたナポレオンはベルギーに侵攻した。ワーテルロー（英語読みはウォータールー）の戦いとは、同年6月、英国・オランダ・プロイセンの連合軍がフランス皇帝ナポレオン一世率いるフランス軍を破った戦いをさす。当初、フランス軍はリニーの戦いでプロイセン軍に勝利したが、6月18日、ウェリントン率いる英蘭連合軍に、現在のベルギー、ワーテルロー付近における戦いで大敗し敗走を余儀なくされた。連合軍はこれを追撃しフランスへ侵攻。ルイ18世を復位させた。ナポレオンは英国に降伏してセントヘレナ島へ流され、1821年に同島で死去した。世に言う「百日天下」である。

ワーテルロー（戦場になったフーゴモン農場：ベルギー）

ワーテルロー（Waterloo、ベルギー）《アビイ館》に登場

ブラバンワロン州北西の自治体。ナポレオンが敗北した「ワーテルローの戦い」で知られた場所。現在は、首都ブリュッセル近郊の高級住宅地へと発展したほか、戦いを記念したライオン像やウェリントン博物館もあり観光名所になっている。農業も盛んなところだ。聖ヨーゼフ教会はホームズ誕生の翌年、1855年に竣工した。

ジブラルタルの岩

支配人に渡されたホームズの名刺はすぐに目を引き、ほしかったすべての情報を短時間で手に入れられた。1895年6月に、その航路の船で母港に着いたのは1隻だけだった。'ジブラルタルの岩号'で、この会社で最大かつ最高級の船だった。乗客名簿からアデレイドのミス・フレーザーがメイドと一緒に、この船で航海したことが分かった。

（ワトスンの記述）　　　　　　　　　　　　　　　　**《アビイ館》**

ジブラルタルの岩（英国属領ジブラルタル）

ジブラルタル（Gibraltar、英国の属領）　《アビイ館》に登場
地中海西端、ジブラルタル海峡の北側にある高度な自治権を有する英国の海外領土。地中海の出入り口に位置する交通の要衝で古くから集落が存在した。8世紀初頭、イスラム勢力がイベリア半島を征服した時の上陸地点となった。「ジブラルタル」の地名は「Jabal Tariq（ターリクの山）」というアラビア語が元になっている。「ターリク」はイスラム遠征軍の将軍名。18世紀初頭のスペイン継承戦争（1701年－13年）で英国軍に占領され、1713

年のユトレヒト条約で英国領となった。ここにあるのが「ジブラルタルの岩（the Rock of Gibraltar）」と呼ばれる石灰石の岩山（東西約1km、南北約4kmで最高高は426m）。市街地はこの岩山の西側に広がる。ドイルが《アビイ館》に登場させた船名「ジブラルタルの岩号」はここから思いついたものと推測される。

スエズ運河

> この船（「ジブラルタルの岩号」）は今頃、スエズ運河の南のどこかにいて、オーストラリアに向けて航行中だ。高級船員は1895年当時と同じだが、一人だけ例外がいた。（ワトスンの記述）　　　　《アビイ館》

スエズ運河の渡し船（カンタラ：エジプト）

スエズ運河（Suez Canal、エジプト）《アビイ館》に登場

アフリカ北東部に位置し、地中海とスエズ湾、紅海、さらにインド洋を結ぶ世界最長の人工運河。全長162.5km、南北の進入用水路設備を含めると195kmになる。フランス人フェルディナン・ド・レセップス（1805-94）の尽力で1859年に着工、10年後の69年に竣工した。地中海と紅海の水位差を使ってマンザラ湖、ティムサ湖、大ビター湖をつなげて建設

された。地中海側の玄関口はポートサイド市、紅海側の玄関口はスエズ市である。1875年に経営難に陥ったスエズ運河会社の株を当時の英国首相、ディズレーリがロスチャイルド家からの融資を得てエジプト政府から買いとった。以後、スエズ運河からの収益は英国とフランスのものとなり、ムハンマド・アリー朝のエジプト政府は債権によって財政が破綻した。その結果、エジプト政府は英国人とフランス人を入閣させ、政府は事実上、外国の管理下に置かれた。これに対して、民族独立と英国支配からの脱却を掲げて1882年にウラービーの反乱が勃発。英国は軍隊を送りエジプトを実質的に保護国化した。英国政府はスエズ運河の軍事的占領は一時的と表明したが、実際は1953年までの72年間におよんだ。

サウサンプトン

　1等航海士だったジャック・クローカーは船長に昇格しており、新造船バス・ロック号の責任者として2日後にサウサンプトン港から出航する予定だった。彼はシデナムに住んでいたが、当日の朝は指示を受けに事務所に来ることになっているから、お待ちいただければということだった。（ワトスンの記述）　　　　　　　　　　　　　　　《アビイ館》

サウサンプトン（遊歩道と桟橋：英国）

ニューヨーク

「そのとおり、君はうまい仮説を思いついた。私の考えは極端だとは思うが、それが銀食器の発見につながったのは君も認めなければ」（ホームズ）

「はい、まったく、すべてあなたのおかげです。でも、おかげで一段と分からなくなりました」（スタンリー・ホプキンズ警部）

「ますます分からなくなった」

「はい、ホームズさん。ランドール一味が今朝、ニューヨークで逮捕されたのです」

「おやおや、ホプキンズ君。一味が昨夜ケント州で殺人を犯したという君の仮説には完全に反するね」

《アビイ館》

ニューヨーク（ハドスン川と川岸公園：米国）

ニューヨーク（New York、アメリカ合衆国）　《アビイ館》《赤い輪》《恐怖の谷》など6事件に登場

ニューヨーク州南東端にある米国経済の中心地。コロンブス以後、ヨーロッパ人最初の探検者はイタリア人のヴェラザーノといわれ、次にオランダ東インド会社に雇われていた英国人ハドスンが、川（現ハドスン川）の探検を行なった。1624年にオランダ人も入ってき

てマンハッタン南部ニューアムステルダムにオランダ人コロニー（植民地）をつくった。1664年、英国軍がオランダ軍を破り、英国のヨーク公にちなんで「ニューヨーク」と改名した。英国・オランダ間で紆余曲折があったが、最終的に英国による支配が確立した。1775年から83年まで続いたアメリカ独立戦争の際も、ワシントン率いる独立軍は英国相手にニューヨークを死守し、アメリカ独立後、ニューヨークは暫定首都となった。植民地時代初期のニューヨークはマンハッタン南側だけに町があり、戦乱を恐れて木材で造った壁（wall）で囲まれていた。治安回復に伴い壁を解体し道路にしたが、これがニューヨークの金融街「ウォール街」の由来となった。マンハッタン都市部は北へも広がり、19世紀に大都市計画が立案された。道路を格子状にして、南北に走る道路を「アベニュー」、東西に走る道路を「ストリート」とした。19世紀中頃、マンハッタン中部に広大な「セントラルパーク」を整備したほか、1883年にはイーストリバーにブルックリン橋を架橋。独立後、アメリカは国土開発のための労働力確保が必須であり、大西洋岸にある港は労働力確保の窓口となった。ニューヨークはその中心で、結果、19世紀に人口が急増した。市域が徐々に拡大し1874年にはイーストリバー対岸まで達した。1898年にマンハッタン、ブロンクス、ブルックリン、クイーンズ、ステーテン島の5つの自治区で構成されるニューヨーク市が誕生、これを「グレーターニューヨーク」と呼んだ。

ウェストミンスター・アビー

謎めいた犯罪が、昨夜、ゴドルフィン街（架空の地名）16番地で起きた。人目につかない18世紀に建てられた旧式の家屋群の1軒においてで、テムズ川とウェストミンスター・アビーの間、ちょうど、ほとんどが国会議事堂の高塔の陰になっている場所である。（新聞記事）　《第二の血痕》

ウェストミンスター・アビー（Westminster Abbey、ロンドン）　《第二の血痕》に登場
君主の戴冠式や王室の結婚式、また葬儀がここで行なわれてきたほか、国王や政治家、司祭、文化人ら多くの著名人の墓や記念碑もある。王室や政治と深い繋がりがある寺院といえる。起源は不詳だが、伝説では東サクソンのシーバート（セバート）王が7世紀にここに教会を建てたのが起源という。エドワード懺悔王はかつて教会が建っていた跡地に教会再建を命じ、1065年末に竣工したが王はその8日後に逝去した。後にヘンリー3世の命で東側部分が解体され1245年に大改築が行なわれた。ヘンリー3世が着手した大改築計画は1532年に完成したが、その後も1698年から1723年まで著名な建築家クリストファー・レンはじめ、その他多くの監督の手で改修が行なわれた。

10488-6 WESTMINSTER ABBEY, LONDON. ROTARY PHOTO, E.C.

ウェストミンスター・アビー（ロンドン）

パリ

ミトンはルーカスに３年前から雇われていた。だがルーカスがミトンを
ヨーロッパ大陸に連れて行かなかったのは注目すべき点だ。時どきルー
カスは３ヵ月も続けてパリを訪れていたが、ミトンはゴドルフィン街（架
空の通り）の家の管理のため残された。（ワトスンの記述）　《第二の血痕》

PARIS — L'Arc de Triomphe de l'Étoile

パリ（1836年完成のエトワール凱旋門：フランス）

チャリング・クロス駅

彼女（マダム・フールネイ）がロンドンに一大センセーションを引き起こしたあの恐ろしい罪を犯したのも、そのような発作時だったと見られている。月曜の夜の彼女の行動はまだ分かっていないが、彼女とおぼしき女性が火曜日の午前中、チャリング・クロス駅で外見の乱れと乱暴な態度により大勢の人の注意を引いたことは間違いない。よって、恐らく正気を失った時の犯行か、あるいは犯罪が引き金になって、この不幸な女性は正気を失ったのであろう。（デイリー・テレグラフ紙の記事）

《第二の血痕》

チャリング・クロス駅（Charing Cross Station、ロンドン） 《アビイ館》《第二の血痕》《高名な依頼人》など6事件に登場

サウス・イースタン鉄道のロンドン終着駅として1864年に開業した。かつてはロンドン南東部や英仏海峡連絡フェリーの英国側発着所のあるドーバー、またフォークストンに向かう列車の出発駅だった。駅の上部を占める、かつてのチャリング・クロス・ホテル（客室数218）はE・M・バリーの設計で駅とともに1864年に竣工した。前面中央に1863年に復元されたエレアノール・クロスの複製がある。13世紀の記念の標識で、エドワード1世の妃であったエレアノールの墓の供揃いの一つである。現在、チャールズ1世騎馬像がある場所が元々クロスのあった場所で、各地のロンドンからの距離は騎馬像を起点にしている。

CHARING CROSS STATION AND STRAND, LONDON.

チャリング・クロス駅とストランド街（ロンドン）

HIS LAST BOW
SOME REMINISCENCES OF
SHERLOCK HOLMES

最後の挨拶

ウィステリア荘／ボール箱／赤い輪／ブルース=パティントン設計書
瀕死の探偵／レディ・フランシス・カーファクスの失踪／悪魔の足／最後の挨拶

"I HAVE BEEN RUNNING ROUND MAKING INQUIRIES BEFORE I CAME TO YOU."

「ストランド・マガジン」に掲載されたアーサー・トゥイドルの挿し絵

イーストボーン

シャーロック・ホームズ氏の友人たちは、彼が時どきリウマチの発作で足を幾分引きずるほかは、相変わらず元気に暮らしていることを知りうれしく思うことだろう。彼は長年にわたり、イーストボーンから５マイル（約８キロ）離れたダウンズにある小さな農場に住んでいて、そこでの時間を哲学と農学に使っている。　　　　　単行本『最後の挨拶』（まえがき）

イーストボーン（英国：ローンズ）

イーストボーン（Eastbourne, 英国）　　『シャーロック・ホームズ最後の挨拶』（前書き）に登場
イングランド南東部、ドーバー海峡に面した英国有数のリゾート地。1780年に国王ジョージ３世の子どもたちが、ここで夏期休暇を過ごしたことから保養地として注目された。1849年にロンドンまで鉄道が開通し、1888年には娯楽施設を有する桟橋（ピア）も建設された。

大英博物館

ある日の午前中、彼（ホームズ）はロンドンで過ごしたが、何気ない言葉から彼が大英博物館を訪れたことを知った。この時の遠出以外、彼は時折り一人で行く長い散歩や、（積極的に）親しくなった噂話好きな多くの村人たちとのおしゃべりに日々を費やした。（ワトスンの記述）

《ウィステリア荘》

※この時、ホームズとワトスンは事件現場であるエシャー（サリー州）の「雄牛亭」に滞在していた。

LONDON. – THE NEW WING OF THE BRITISH MUSEUM.

大英博物館の新しい棟（ロンドン）

マドリッド

「はい、ドン・ムリリョ、サン・ペドロのトラです」ベインズ（警部）は言った。「ホームズさん、調べてご覧になればお分かりになりますが、サ

ン・ペドロ国の国旗の色は緑と白、あの手紙に書かれていたのと同じです。ヘンダースンは、彼はそう名乗っていますが、さかのぼって調べてみますと、彼の乗った船はパリ、ローマ、マドリッド、バルセロナと至り、バルセロナには1886年に入港しています。彼らは復讐のために、ずっとムリリョを追い続けてきましたが、所在を突き止めたのは、つい最近のことです」（ベインズ警部）　　　　　　　　　　《ウィステリア荘》

マドリッド（オエステ公園：スペイン）

マドリッド（Madrid、スペイン）　《第二の血痕》《ウィステリア荘》に登場

スペインの首都。旧石器時代からローマ期にはすでに集落があり、発展して、やがて市街地が形成されていった。イスラム教徒が占拠していた時期、ここは「マドリッド」の語源となる「マヘリット」と呼ばれた。1561年にフェリペ2世が首都をトレドからマドリッドに移した。17世紀に人口が急増すると旧市街地の外側に新市街地ができた。18世紀の王位継承戦争の結果、スペイン王朝はブルボン家が継承した。19世紀前半にナポレオン軍がマドリッドまで侵攻した際、宮廷は一時、アンダルシアのカディスに置かれた。1850年に離宮が置かれたアランフェスへ鉄道が開通し、以後、マドリッドを中心に鉄道網が放射状に整備された。

ニューフォレスト、サウスシー

しかし、朝刊は面白くなかった。国会は閉会していた。皆がロンドンから脱出していて、私もニューフォレストの林間の空き地やサウスシーの砂利の浜辺に憧れた。だが銀行預金を使い果たしていたので休暇を先延ばしにせざるを得なかった。だが、わが友（ホームズ）といえば、田舎にも海にも少しも魅力を感じないようだった。（ワトスンの記述）

《ボール箱》

NEW FOREST. THE KNIGHTWOOD OAK   2892

ニューフォレスト（ナイトウッド、英国）

ニューフォレスト（New Forest、英国） 《ボール箱》に登場
ハンプシャー州南西部に約5万8000ヘクタールにわたって広がる森林地帯。標高は高いところで125メートル。古代には「ユーテン」と呼ばれたジュート族（ゲルマン人の一部族）が住んでいたが、1079年にウイリアム征服王（ウイリアム1世）がここを狩猟場に定めた。王は、住人らが牧草地で豚を放牧するという一般的な権利も制定した。これらは今も有効で、現在、森林の維持管理は王室森林司法官が行なっている。17世紀には、発展を続けた

英国海軍の軍艦建造のため樹木が切り出されたほか、現在でもパルプ生産や生垣の材料としてここの樹木が使われている。

ポーツマスのサウスシー（サウス・パレード・ピア：英国）

サウスシー（Southsea、英国）
イングランド南部の海浜リゾート地。ポーツマスの既成市街地とサウスシー市街地は続いている（中心部間の距離は約1.6km）。サウス・パレード・ピアは1878年に起工し1879年7月26日に竣工した。1904年にピア（桟橋）上の展示館が火災で崩壊する惨禍に見舞われた。サウスシーの海岸の大部分は玉砂利だが潮が引くと砂部が露出する。ドイルは1882年からここのエルム・グローブ、ブッシュ・ビラ1番地に住み、ホームズ・シリーズ第1作《緋色の習作》を書いた。

ゴードン将軍

「それでは種明かしをしよう。君が新聞を放り投げた後、じつはこれが私の注意を引いたのだが、君は30秒ほどぼんやりとした顔でじっと座って

いた。次に額に入ったゴードン将軍の写真をじっと見つめ、その顔つき
の変化で一連の考え事が始まったことが分かった」（ホームズがワトスン
に言った言葉）
《ボール箱》

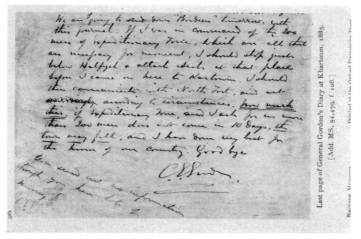

ゴードン将軍自筆の日記（1885年）

※1884年、チャールズ・ゴードン将軍はエジプトの反乱鎮圧のためハルツーム守備の任に当たった
が、英国からの援軍が到着する2日前に戦死した。この絵葉書は1月26日に将軍が亡くなる前に書
いていた日記の最後のページ。

ゴードン将軍（Gordon, Sir Charles、英国人）《ボール箱》に登場

チャールズ・ジョージ・ゴードン（1833年1月28日–1885年1月26日）。ウリッジ生まれ
の英国軍人。クリミア戦争に参加し（1854年）、1860年には中国に派遣され北京占領に参
加した。1862年の「太平天国の乱」の際は太平天国軍を防衛するために上海に勤務した。
連合軍司令官ワードの死後、あとを引き継ぎ反乱軍鎮定に当たった。1874年にエジプトス
ーダン総督に就任、1880年にインド総督幕僚、同年、中国において露清間の紛争を調停し
た。ケープ植民地軍の編成に尽力したほか、パレスチナに赴き、1年間「聖書」の研究を
行なった。1884年、エジプトに反乱鎮圧のため派遣されハルツーム（現・スーダン）の守
備に当たったが力およばず、英国の救援軍が到着する2日前に要塞で戦死した。

クロイドン

> 「今、ちょっとした問題を手がけている。これはささやかな読心術の試み
> より、少しだけ解決が難しいかもしれない。クロイドンのクロス街に住
> むミス・クッシングに郵送されてきた小包の驚くべき中味について、君
> （ワトスン）は新聞に載った短い記事に気づいたかい」（ホームズ）

《ボール箱》

CROYDON. WHITGIFT HOSPITAL.　　　　　　　　　　　V4815

クロイドン（ウィットギフト病院：英国）

クロイドン（Croydon、ロンドン）　《ボール箱》に登場

グレーターロンドンを構成する33行政区の一つ。ロンドン中心部から南へ約15kmに位置
する。古くからカンタベリー大主教の領地で、商業・文化都市として栄えてきた。大司教
が設立した養老院「ウィットギフト・ホスピタル」は今も市の中心に健在だ。クロイドン
は、かつてはサリー州東部の中心都市として発展し、19世紀初頭にロンドンまでの貨物専
用の鉄道馬車が開通した。ロンドンの発展と鉄道馬車の開通で19世紀後半になるとサウス

クロイドンで宅地開発が始まり、人口が飛躍的に増大した。1886年にロンドン自治区の一つになった。

古物商

私たちは簡単な食事を一緒に楽しんだ。その間、ホームズはヴァイオリンのことしか話さず、ストラディバリウスを買った経緯を嬉々として語った。それは最低でも500ギニーの価値があるのだが、トテナム・コート街にあるユダヤ人古物商の店で、55シリングで買ったのだという。（ワトスンの記述）

《ボール箱》

※ホームズがストラディバリウスを買ったのは「質屋」ではなく「古物商」からと考えられる（詳細は次項）。よって、ここでは "broker" の訳を「古物商」とした。掲載した絵葉書はロンドン・ポーツマス街の「オールド・キュリオシティ・ショップ」。ディケンズの同名の小説の舞台として有名な店である。

老舗の古物商（ロンドン）

古物商（質屋）　《ボール箱》《海軍条約文書事件》《赤毛組合》など5事件に登場

《ボール箱》事件の中で、ホームズがワトスンに「500ギニー（現在の価格で約1260万円）はするであろうストラディバリウスを、トテナム・コート通りのユダヤ人古物商（broker）から、わずか55シリング（約6万6000円）で買った」と得意げに語っているのはシャーロッキアンの間ではよく知られた話だ（1ギニー：21シリング：2万5200円、1シリング：12ペンス：1200円として換算）。ストラディバリウスとはイタリアの弦楽器製作者ストラディバリ（1644-1737）がつくった名作楽器の呼び名。ホームズは、自分の博識眼を自慢しているようにも聞こえる。ところでbrokerを「質屋」と訳しているものもあるが、1872年に施行された「質屋法」を見ると、そうではない。というのは、当時の法律では、質流れ品はすべて競売で処分されていたからだ。特に10シリング以上の質草の競売については、競売人はすべてを公衆の面前に晒した上で、さらに絵画や彫像、楽器などの競売は他の物件とは別に年4回、1月、4月、7月、10月の1日のみに行なわれるという厳密な決まりがあったが、ホームズは、そういう買い方をしていないからだ。またホームズは「ユダヤ人古物商」と言っているが、たしかに貸金業や質屋業に従事してきたのが主にユダヤ人やロンバルド人（メジチ家の支配する地域から来たイタリア人金融業者）が多かったのは事実だ。13世紀頃になると、貸金業の中でも社会的評価が高く、儲け幅も多い有力者への貸金はイタリア人の手に渡り、ユダヤ人は家財や身の回り品のほかには担保がない貧しい借り手を相手にせざるを得なくなってしまった。

ダブリン

「君も気づくだろうが、この航路の船はベルファスト、ダブリン、ウォーターフォードに寄港する。そこで、もし、ブラウナーがこの犯罪をはたらき、乗り組んでいる汽船『メーデー号』にすぐ戻ったと仮定すれば、ベルファストが、あの恐ろしい小包を投函できる最初の場所だ」

（ホームズ）

《ボール箱》

ダブリン（Dublin、アイルランド）　《ボール箱》に登場

アイルランド共和国の首都。アイルランド島の東部に位置しアイリッシュ海に面する。9世紀に北欧から渡来したヴァイキングがリフィー川の河口近くに集落を築き“黒い水たまり”を意味する「ダブリン」と名付けたことが地名の由来。1800年に連合法が制定され1801年に英国はアイルランドを併合した。19世紀後半からダブリンは独立運動の拠点となり、1922年にアイルランド自由国が独立すると首都として発展。現在、ダブリンを象徴す

る「カスタムハウス」や「フォーコーツ」などの建物は、18世紀のジョージア朝時代にリフィー川に沿って建てられた。一方、中世、1204年にノルマン人のジョン王の命で築城された「ダブリン城」はリフィー川の南岸にあり、700年にわたる英国支配の象徴的建築物になっている。城の東側にあるトリニティ・コレッジ（ダブリン大学）は1592年にイングランド女王（兼アイルランド女王）のエリザベス1世により創設された。

ダブリン（ウエスト街：アイルランド）

ハムステッド・ヒース

「（夫は）7時前には家を出なければなりません。今朝、夫が家を出て道路を10歩と歩かないうちに、男が二人、後ろからやって来て、夫の頭にコートをかぶせると縁石沿いに止めてあった馬車に押し込んでしまいました。1時間ほど馬車を走らせ、それから扉を開けると夫を外へ放り出したのです。夫は道路に倒れ込み気が動転してしまい、馬車がどっちへ

行ったのかも分かりませんでした。起き上がると、そこはハムステッド・ヒースの中でした。乗合馬車で家に帰り、今はソファで横になっています。私は何が起きたのかをお話しするために、まっすぐにこちらにやって来たというわけです」（下宿屋の女主人ウォーレン）　《赤い輪》

HAMPSTEAD HEATH: PARLIAMENT HILL FIELDS.

ハムステッド・ヒースのパーラメント・ヒル・フィールズ（ロンドン）

ナポリ

「私はナポリに近いポジリポで生まれました」彼女（エミリア・ルッカ）は言った。

「オーガスト・バレリの娘です。父は弁護士会の会長で、一度、地域選出の代議士になったこともあります。ジェンナロは父に雇われていましたが、どんな女性もそうなるように私も彼を愛するようになりました。彼にはお金も地位もありませんでした──美貌と力強さと行動力以外、何もありませんでした。父は結婚を許しませんでした」　《赤い輪》

※ポジリポの綴りは Posillipo。ポジリポは本文にあるようなナポリ近郊ではなく、ナポリ市内の地名。ポジリポの丘から見える湾の景色は素晴らしく、ナポリ民謡にもよくこの地名が登場する。

ナポリ（サン・テルモ城：イタリア）

ナポリ（Napoli、イタリア）　《赤い輪》《六つのナポレオン像》に登場

イタリア南部、カンパニア州ナポリ県の都市で州都。イタリア史で「王国」と呼べるのは、12世紀のノルマン朝以来700年の歴史を有する「ナポリ王国」「両シチリア王国」のみ。首都ナポリは18世紀に50万人の人口を有した。古くからイタリア有数の景勝地で「ナポリ」の地名はギリシア語の「ネアポリス（新しい都市）」に由来する。都市の起源は、紀元前8世紀頃のマグナ・グラエキアの植民活動までさかのぼる。その後、ローマ時代から中世半ばに至るまでナポリはギリシア文化圏への窓口だった。「ナポリを見て死ね」という諺の背景には、ここを経て新天地へ旅立った南部からの移民、約600万の人々の望郷の念によるものだという。

霧

> 1895年11月の第3週は黄色い濃霧がロンドンに垂れ込めていた。月曜日から木曜日まで、ベイカー街の私たちの下宿の窓から向かい側の家並みがぼんやりとでも見えた日があったか疑問に思う。（ワトスンの記述）
>
> 《ブルース＝パティントン設計書》

※黄色い霧：ヴィクトリア時代、工場操業や暖をとるため民家で石炭を燃やしたことから、煙突から出る硫黄分を含んだ煙が本来の白い霧と混ざって水粒を黄色に変色させた。「黄色い霧」は煤煙による大気汚染の結果で、当時、人々の健康に甚大な被害を与えた。

霧と2階建てバス（ロンドン）

霧（fog, mist）　《ブルース＝パティントン設計書》《四つのサイン》などに登場

水蒸気を含んだ大気の温度が下がり露点温度に達すると、水蒸気が小さな水の粒となって空中に浮かんだ状態になる。これは白く見えるが、これが大気中に浮かんでいれば「雲」と呼ばれ、地面に接していれば「霧」と定義される。英国における霧の歴史は大気汚染の歴史といえる。その主な原因は、家庭で暖をとるため石炭を燃やしたことによる。1603年、エリザベス1世時代末期には、都市部における石炭消費量が年間5万トンを超えた。19世紀初頭にロンドンを訪れた旅行者は、重苦しい空気と煤だらけの黒い建物群にひどいショックを受けたという。1891年に制定された公衆衛生法により、煤煙を規制する動きは若干

進んだ。しかし、各家庭の煙突から出る煙は依然として規制の対象にならなかったので、実際の効果はそれほどなかったという。

ホワイトホール

「マイクロフト（ホームズの7歳年上の兄）には自分専用のレールがあって、その上を走っているのだ。ペルメル街の下宿、ダイオジニス・クラブ、ホワイトホール（官庁街）――これが兄の定期循環路線だ。一度、たった一度だけ、ここへ来たことがある。いったい、どんな大変動が起きてレールから脱線したのだろう」（ホームズ）《ブルース＝パティントン設計書》

ホワイトホール（戦没者追悼碑：ロンドン）

ホワイトホール（Whitehall、ロンドン） 《マザリンの宝石》《ギリシア語通訳》《海軍条約文書事件》《ブルース＝パティントン設計書》に登場

チャリング・クロスからパーラメント街に至る大通り。日本でいえば「霞が関」のような官庁街の代名詞。しかし、パーラメント街も官庁街なのでパーラメント街の南端、パーラメント広場と接する区域まで含めて「ホワイトホール」と呼ぶことも多い。西側に旧海軍省、近衛騎兵連隊司令部、東側に国防省が並ぶ。「ホワイトホール」は1698年まであった王宮（ホワイトホール・パレス）に由来する。最初はチャリング・クロスからホルバイン・ゲートまでの北側の短い区間を指したが、18世紀中頃から次々とゲートを解体、道路を拡張して1899年にパーラメント街とつながった。絵葉書中央に見える"CENOTAPH"とは戦没兵士記念碑。ルトエンズの作品で1919年から20年にかけて建立された。官庁街として知られるこの通りにはケンブリッジ公の騎馬像はじめ、第8代デボンシャー公、陸軍元帥アール・ヘイグらの銅像が建てられている。ケンブリッジ公（1819-1904）はヴィクトリア女王のいとこで長く陸軍最高司令官をつとめた。像は旧陸軍省（右側：Old War Office）とホース・ガーズ（左側：Horse Guards、1904年まで陸軍最高司令官の司令部として使用された）の前に建てられている。

ウリッチ

「ウリッチへ帰る途中で殺され、コンパートメント（汽車の仕切り客室）から投げられたとしましょう」（シャーロック）

ウリッチのカデッツ・アカデミー（士官候補生のための学校：英国）

「死体が発見されたオルドゲイト駅はロンドン橋駅をかなり過ぎているが、ウリッチへ帰るならロンドン橋駅で乗り換えなければならない」
（マイクロフト）　　　　　　　　　　　　**《ブルース＝パティントン設計書》**

ウリッチ（Woolwich、ロンドン） 《ブルース＝パティントン設計書》《四つのサイン》に登場
ロンドン東部、テムズ川南岸グリニッジ行政区の一部。地名の起こりは羊毛（ウール）だという。テムズ川沿いにあったウリッジ工廠では、16世紀初頭から19世紀末まで数多くの船が建造された。ここでは歴史に名を残す著名な帆船が数多く建造されたが、19世紀に入ると帆船は蒸気船にとって代わられた。

パリ

「設計書を持ったオーヴァーシュタインはどこにいるのだ」（マイクロフト・ホームズ）
「わかりません」（ウォルター大佐）

38. PARIS. L'Hôtel de Ville et le Pont d'Arcole. — The Town Hall and Arcole Bridge.

パリ（市庁舎とアルコル橋：フランス）

「住所を言わなかったのかね」

「パリのルーブル・ホテル宛てに手紙を出せば、最終的に届くと言っていました」

「それならば、まだ償いは可能です」シャーロック・ホームズが言った。

《ブルース＝パティントン設計書》

ウィンザー城

何週間か後になって、我が友（ホームズ）がウィンザー城で1日を過ごしたことを偶然に知ったのだが、彼はそこから見事なエメラルドのタイピンを着けて帰ってきた。買ったのかと尋ねると、彼は、幸いにもその人のためにちょっとした任務をやり遂げることができた、ある高貴な女性からの贈り物だと答えた。それ以上、彼は何も言わなかったが、私はその女性の尊い名前を当てられたと思っているし、また、このエメラルドのピンにより、わが友がこの先ずっとブルース＝パティントン設計書の冒険を思い出すであろうことは疑いがない。（ワトスンの記述）

《ブルース＝パティントン設計書》

ウィンザー城（英国）

168

ウィンザー城（Windsor Castle、イングランド中南部） 《ブルース・パティントン設計書》に登場

ロンドン西方のウィンザーにある11世紀に建立された王室離宮。ウイリアム征服王の築城といわれる。モット・アンド・ベイリー式といわれる典型的なノルマン様式の城で、石造りの円塔がある築山を中心に上下二つの城郭で構成される。築城以来、多くの君主が住み増改築を重ねてきた。英国史上で最も長く君主を務めた女王エリザベス２世の棺は2022年９月19日、ウィンザー城の聖ジョージ聖堂に埋葬された。

ケンジントン

ロワー・バーク街（架空の通り）はノッティング・ヒルとケンジントンの間の、どちらとも言えない区域でお屋敷が立ち並ぶところだった。御者が馬車を止めたそのお屋敷は、古風な鉄柵や重厚なアコーディオン・ドア、そしてピカピカ光る真鍮細工などにより、小奇麗で控えめな上品

コーンウォール・ガーデンズ（ロンドン）

※絵葉書の「コーンウォール・ガーデンズ」はケンジントン・ガーデンズの南、ロイヤル・アルバート・ホールの西南に位置する通り。高級なフラットが立ち並んでいる。

さをたたえていた。そのすべてが、背後のピンク色の電灯に縁どられて
現れた厳粛な執事と一体化していた。（ワトスンの記述）　　《瀕死の探偵》

バーデン大公国

こうして私（ワトスン）の調査報告書第1章は終わった。第2章はレディ・
フランシス・カーファクスがローザンヌを発った後、彼女が向かおうとし
ていた場所についてだ。行先に関してはいささか秘密めいたものがあり、
誰かの追跡を振り切ろうという思惑があったことを確認した。そうでなけ
れば手荷物になぜバーデン行のラベルを貼らなかったのか、彼女も手荷
物も回り道をしてライン川沿いの温泉場に到着しているのだ。ここまでの
情報はクック旅行社の現地支店長からのものだ。そこで私（ワトスン）は
バーデンへ向かった。これはホームズに調査報告書のすべてを郵送し、彼
から半分ユーモアに満ちた電報を受け取った後のことだった。
バーデンで足跡をたどるのは難しいことではなかった。レディ・フラン
シスはアングリッシャ・ホフ（ホテル）に2週間宿泊した。その時、彼
女は南アメリカ出身の宣教師、シュレジンジャー博士夫妻と知り合った。
　　《レディ・フランシス・カーファクスの失踪》

バーデン大公国 & バーデン＝バーデン（Baden, Baden-Baden、ドイツ）《レディ・フランシス・
カーファクスの失踪》に登場
《レディ・フランシス・カーファクスの失踪》の中に「そこで私（ワトスン）はバーデンへ
向かった」「バーデンで足跡をたどるのは難しいことではなかった」との記述がある。恐ら
くこの部分は“ワトスンはバーデン大公国（1806-1918）のバーデン・イン・バーデン（＝
当時：現在のバーデン＝バーデン）へ向かった”ということなのだろう。ゆえに、ここで
は「バーデン大公国」と「バーデン＝バーデン」（掲載絵葉書）について解説する。「バー
デン大公国」はかつて、今のドイツ南西部、バーデンベルテンベルク州西側、ライン川東
側の低地に位置した国だ。起源は12世紀にツェーリンゲン家がバーデン辺境伯となり、ホ
ーエンバーデン城をバーデン（現在のバーデンバーデン）に築いたことによる。以来、シ

BADEN-BADEN. Partie an der Oos mit Hotel Stephanie.

バーデン－バーデン（ホテル・ステファニー：ドイツ）

ュバルツバルト（「黒い森」の意味）の北西付近を中心に発展し、16世紀から18世紀にかけて分割と併合を繰り返したが、18世紀に再びバーデン辺境伯領として再統合された。神聖ローマ帝国崩壊後の19世紀初頭にバーデン大公国領となり南北に領地を拡大した。1871年のドイツ統一後、ドイツ帝国の主要構成国の一つとなり、第1次世界大戦後のバーデン自由国家（1918-33）を形成した。一方「バーデン＝バーデン」は、バーデンベルテンベルク州西部に位置するヨーロッパ有数の温泉地として知られる。「バーデン（Baden）」という言葉自体がドイツ語で「入浴（する）」を意味し、そこからバーデンという地名がついたという。当地は古代ローマ時代から温泉場として知られ、当時のローマ浴場跡（遺跡）が今も旧市街地に残っている。16世紀から18世紀にバーデンの領主が分裂したことで、他の類似地名と区別するため、同地はBadenを2度続けてBaden-in-Badenとした。それが1931年に現在の地名となった。19世紀に鉄道など交通網が整備されるとヨーロッパ上流階級の社交場や保養地へと発展し、ホテルや温泉施設、カジノなど娯楽施設が整備された。

国会議事堂、ウェストミンスター橋

「状況を再構築してみよう」彼（ホームズ）は、国会議事堂とウェストミンスター橋を駆け抜ける馬車の中で私（ワトスン）に言った。「あの悪党どもは、まず、あの不幸な婦人をだまして忠実なメイドから引き離したうえでロンドンに連れて来た。もし彼女が手紙を書いたとしても、それらはすべて握りつぶされたのだろう」（ホームズ）

《レディ・フランシス・カーファクスの失踪》

ウェストミンスター橋と国会議事堂（ロンドン）

※姓になっている「カーファクス」とは「顔が四つ重なったところ」という意味が転じて「十字路」を表す地名になっている。オックスフォードの「カーファクス」はよく知られている。

ウェストミンスター橋（Westminster Bridge、ロンドン） 《レディ・フランシス・カーファクスの失踪》
に登場

ウェストミンスターとランベスを結ぶ橋。初代石橋はチャールズ・ラベリーの設計により1750年に竣工した。今日、我われが見る鋳鉄製の7連アーチの橋は1854年から62年にかけてトーマス・ペイジの設計、サー・チャールズ・バリーの監修のもと建設された。

コーンウォール

なぜ『コーンウォールの恐怖』―私が扱った事件の中で最も奇怪な事件を発表しないのだ。(ホームズからワトスンへの電文)　　**《悪魔の足》**

ペンザンス(セント・マイケルズ・マウント:英国)

セント・アイヴス

彼女(家政婦のポーター夫人)は意識を取り戻すと朝の空気を入れるため飛びつくように窓を開け、さらに小道を走って行って農家の少年に医者を呼びに行かせた。婦人(ブレンダ)に会うなら彼女は2階のベッドに寝かせてあるとのことだった。精神病院の馬車に兄弟を乗せるのには屈強な男が4人も必要だった。家政婦はもうこの家には1日たりとも居たくないので、今日の午後にもセント・アイヴスの自宅に帰るつもりとのことだった。(ワトスンの記述)　　**《悪魔の足》**

F_43113. ST. IVES: CARBIS BAY.

セント・アイヴス（カービス湾：英国）

セント・アイヴス（St. Ives、英国）　《悪魔の足》に登場

コーンウォール州、コーンウォール半島突端近くに位置する。「セント・アイヴス」の地名
は、6世紀にアイルランドからコラクル（ヤナギの小枝で造った骨組みに防水布や獣皮な
どを張った小舟）で来たセント・イア（人名：St. Ia）にちなんでつけられたという。イア
たちはセント・アイヴス湾西端の突端に教会を建て、現在、跡地には漁師たちの教会セン
ト・ニコラス教会が建っている。かつて、セント・アイヴスはイワシ漁で栄えたほか、コ
ーンウォール州からデボン州にかけて盛んだった錫鉱業で、錫の積み出し港として鉱夫相
手の商売でも栄えた。19世紀後半になると錫鉱業は衰退したが、1877年にセント・アイヴ
ス湾支線（鉄道）が開通したことからリゾート地として再び脚光をあびた。1920年代に入
ると芸術家が住むようになり、1920年には陶芸家のバーナード・リーチと日本の陶芸家・
濱田庄司がセント・アイヴスに「リーチ・ポタリー」を開設した。その他、彫刻家のバー
バラ・ヘップワースなど、この地で活躍した芸術家は多い。

プリマス

「地元の警察はまったく途方にくれている」彼（レオン・スタンデール博士）は言った。「だが、君はこれまでの豊富な経験から合理的な仮説を示せるのではないかな。打ち明け話を聞かせてほしいのも、ここに長く住んでいる間にトリジニス家と親しくなったからだ―実際、コーンウォール出身の母方からみれば彼らは親類と呼べる―だから、彼らの異様な運命は、当然、私には大ショックだった。じつは、アフリカへ行く途中でプリマスに着いていたのだが、今朝、この知らせが届いたので、捜査に協力するつもりで真っ直ぐに戻ってきたのだ」

ホームズは眉をつりあげた。

「それでは船に乗り遅れたのではありませんか」

「次の船に乗るつもりだ」

「おや、そうですか。まさに友情ですね」

「親戚だと言ったはずだ」 《悪魔の足》

プリマス（ホウの丘と桟橋：英国）

175

ベルリン（プロシア及びドイツ帝国の首都）

「情勢から判断する限り、君はおそらく今週中にベルリンに戻ることになるだろう」書記官は続けた。「フォン・ボルク君、ベルリンでは大歓迎されて驚くことだろうよ。君のここでの働きぶりを上層部がどう評価しているか、私はたまたま知っているのでね」（フォン・ヘルリング男爵）

彼、その書記官は大男で、胸板は厚く、肩幅は広く背は高く、ゆっくりと重厚な話し方をするが、それは彼の政治的成功における大きな要素にもなっていた。

《最後の挨拶》

89. Berlin, Brandenburger Thor.

ベルリン（ブランデンブルク門：ドイツ）

ベルリン（Berlin、ドイツ）　《最後の挨拶》に登場

ドイツの首都。ドイツ北東に位置しドイツ最大の都市。ベルリンの名前が歴史に初めて現れたのは1244年のこと、1307年にはベルリンとケルンが統合して双子都市「ベルリン・ケルン」が誕生した。1415年以降はホーエンツォレルン家が1918年までの500年余、ブランデンブルク選帝侯、プロイセン公、プロイセン国王、ドイツ皇帝としてベルリンを治めた。

18世紀後半のプロイセンはヨーロッパ有数の近代的強国となり、ベルリンは政治、経済、文化の中心となった。19世紀前半のベルリンはナポレオンの占領を契機に民主化が進み、自由な経済活動の下で産業革命が進んだ。1871年に「ドイツ帝国」が成立しベルリンは名実ともにドイツ全体の首都となった。1850年に42万人だった人口は、1905年に200万人を数えた。

オリンピア競技場

「イギリス人に対抗してヨットをやる、一緒に狩りもする、ポロもやる、あらゆる競技でイギリス人たちと張り合う、オリンピア競技場での4頭立て馬車競技では入賞する—若い将校たちとボクシングまでやると聞いたことがある。その結果はどうだ。君を警戒する者は誰もいない」（フォン・ヘルリング男爵）

《最後の挨拶》

681.K.　　　THE OLYMPIA, KENSINGTON, LONDON.　　　BEAGLES' POSTCARDS.
THIS HUGE AND COMMODIOUS BUILDING ADJOINING ADDISON ROAD STATION IS UTILIZED FOR
THE ROYAL NAVAL & MILITARY TOURNAMENT AND MANY OF THE MOST IMPORTANT SHOWS AND EXHIBITIONS HELD IN LONDON.

オリンピア競技場（ロンドン）

オリンピア競技場（Olympia、ロンドン） 《最後の挨拶》に登場
地下鉄ディストラクト・ラインのオリンピア（ケンジントン）駅前に位置する。敷地4万
6500平方メートルを誇るイベント用大ホール。ブドウ苗木園の一部をつぶして建設され
1884年に開館した。最初は「ナショナル・アグリカルチャー・ホール」といった。2年後
にサーカスを興行するに当たり「オリンピア」と改名された。以後、モーター・ショー
（1905年）や国際馬術ショー（1907年）など種々のイベントが行なわれた。

エジプト

開いた金庫の中を明かりが鮮明に照らすと、大使館の書記官はぎっしり
詰まっている何列もの仕切り棚を興味深そうに見つめた。どの仕切り棚
にもラベルが貼られ「浅瀬」「港湾防衛」「飛行機」「アイルランド」「エ
ジプト」「ポーツマス要塞」「イギリス海峡」「ロサイス海軍基地」や、そ
の他、20ほどのラベルが読み取れた。どの仕切り棚も書類や図面でいっ
ぱいだった。
《最後の挨拶》

カイロ（スフィンクスの傍で祈る人：エジプト）

ロッテルダム

「我われは長いこと同志だったのだから、勝利を収めた今、仲たがいなど するわけにはいかない」彼（フォン・ボルク）は言った。「君（アルタモ ント）はこれまで立派な仕事もしたし大きな危険も冒してきた、それは 忘れない。何があってもオランダに行け。そうすればロッテルダムから ニューヨーク行の船に乗れる。1週間もすれば他の航路は安全ではなく なる。その暗号書をもらって、他の書類と一緒に荷造りすることにしよ う」（フォン・ボルク）　　　　　　　　　　　　　　　**《最後の挨拶》**

ロッテルダム（オーステルカーデ：オランダ）

シェーンブルン宮殿

「ホームズ、素晴らしいワインだ」

「ワトスン、逸品のひと品だよ。それはフランツ・ヨゼーフ皇帝のシェーンブルン宮殿の特別ワイン貯蔵室のものだと、ソファに伸びているわが友が保証していたからね。窓を開けてくれないか。クロロホルムの匂いは、せっかくの味を台無しにしてしまう」　　　　　　　《最後の挨拶》

Wien, Lustschloß Schönbrunn.　Ansichtskarten-Serie I.　Geschichte des Schlosses.　Karte Nr. 8
Schloß Schönbrunn
vom Park aus gesehen. (Aufnahme aus dem Jahre 1920.)

シェーンブルン宮殿（オーストリア）

シェーンブルン宮殿（Palace and Gardens of Schonbrunn、オーストリア）《最後の挨拶》に登場

オーストリアのウィーンにある宮殿でハプスブルグ家の歴代君主が主に夏の離宮として使用した。宮殿の建設を決意したのは神聖ローマ帝国皇帝レオポルト1世。息子のローマ王ヨーゼフの夏の離宮としての利用が目的だったという。当初の建設計画はパリのヴェルサイユ宮殿を超えるものだったが、苦しい財政状況から大幅な縮小を余儀なくされた。宮殿は1750年頃、マリア・テレジアの時代にエルラッハ案を中心としてニコラウス・フォン・パカッシーにより完成された。バロック様式の外観で、中に1441室があるほか、正面右側翼には宮廷劇場がある。また、東西約1.2km、南北約1kmの広大なフランス式庭園は1779年頃から公開されている。

第1次世界大戦

「古き良きワトスン君。変わりゆく時代の中で君は変わらぬ定点だ。東風が吹いてくる、これまでイギリスに一度として吹いたことがないような風だ。ワトスン君、その風は冷たく厳しい。その前では大勢の人が枯れてしまうかもしれない。だがこれは神の御心の風だ。嵐がやんだらより清らかで、よりよい、そして、より強い国が日の光を浴びて存在することだろう」（ホームズ）

《最後の挨拶》

Grande Guerre 1914-1918

Phototype Marcel Delboy, Bordeaux

2 - BÉTHENY (Marne) - Bombardement du chemin de la Neuvillette et de la ferme Pierquin (Cliché 1918)　M. D.
BÉTHENY (Marne) - Bombardment of the road to La Neuvillette and Farm Pierquin (1918)

ベセニー（1918年の爆撃のあと：フランス）

THE VALLEY OF FEAR

恐怖の谷

THE CIPHER AND THE MAN WHO SOLVED IT
(SEE "THE VALLEY OF FEAR.")

「ストランド・マガジン」に掲載されたフランク・ワイルズの挿し絵

アバディーン

背が高く、骨ばった体つきは優れた体力の持ち主であることを示し、大きな頭蓋骨ともじゃもじゃの眉毛の下で輝く、落ち窪んできらりと輝く目は、同様に優れた知性も有することを表していた。彼は無口で几帳面、頑固な性格の男でアバディーンなまりが強かった。（スコットランド・ヤードのアレック・マクドナルド警部のこと）

《恐怖の谷》

アバディーン（英国：ドン川にかかる新ドン橋）

アバディーン（Aberdeen, 英国）　《独身の貴族》《恐怖の谷》に登場

英国スコットランド北東部の都市。市街地の主要建物が花崗岩でできていることから「花崗岩のまち」と呼ばれる。《恐怖の谷》に登場するアレック・マクドナルド警部の喋るアバディーンなまりの言葉、つまりディー川河口の港でトロール船の漁師たちが使っていたようなアクセントは、ここが北海油田の建設基地になっていくにしたがい、他の地域から来た人の言葉と交じり合って今ではあまり聞けなくなってしまった。

レスター

「まだ逃走中の自転車男を追いかけているのですか」ホームズは機嫌よく尋ねた。「その悪党の最新情報はどうなっていますか」

マクドナルド警部は報告書の山をうんざりした様子で指差した。

「今のところ、レスター、ノッティンガム、サウサンプトン、ダービー、イースト・ハム、リッチモンド、その他14カ所から報告が届いています。そのうち3カ所—イースト・ハム、レスター、リバプール—では明らかな証拠があるとかで実際に逮捕者も出ています。この国は、黄色いオーバーを着た逃亡者でいっぱいのようです」 《恐怖の谷》

レスター（聖メアリ教会の門：英国）

レスター（Leicester、英国）《恐怖の谷》に登場

イングランド東部、バーミンガムの東約50kmに位置する都市。古代ローマ人がソア川を渡る場所に集落をつくったのがまちの起源という。1832年に北西のレスターシャー炭田地域と鉄道が開通したことで、産業革命期に工業都市として発展した。ニット織物産業が盛んだったが19世紀以降は靴下産業や軽工業が盛んになった。

ワシントン

「お前（ジョン・マギンティ）は俺を“裏切り者”と言うが、人々を救うために地獄へ下った“救い主”と呼ぶ人間も何千人もいると思うぞ。これをやるには3カ月かかった。ワシントンにある財務省の金を好きに使わせてくれると言われたって、こんな3カ月はもう二度と経験したくない」（ピンカートン探偵社のバーディ・エドワーズ）　　《恐怖の谷》

U. S. Treasury, Washington, D. C.

ワシントン（米国財務省の施設：米国）

ワシントンD.C（Washington, District of Columbia、米国）　《恐怖の谷》に登場
アメリカ合衆国の連邦首都。行政上はどの州にも属さない連邦首都地区を構成する。ここは‘コロンビア特別区’とか‘コロンビア特別行政区’とも呼ばれる。1776年に英国の海外植民地から独立した直後、設置が決まった。“ワシントンD.C.”の由来は初代米国大統領となるジョージ・ワシントンとクリストファー・コロンブスにちなんで、ラテン語風に「コロンビア」とした。1899年に古代エジプトのオベリスクを模した169mの「ワシントン記念塔」が建立された。ちなみに、石だけで造られた建築物としては全米一を誇る。

THE CASE-BOOK OF SHERLOCK HOLMES

シャーロック・ホームズの事件簿

"Cut out the poetry, Watson," said Holmes, severely.

「ストランド・マガジン」に掲載されたフランク・ワイルズの挿し絵

ホワイトホール

「ホワイトホールまであなた（シルビアス伯爵）を乗せた辻馬車の御者も、その帰りにあなたを乗せた辻馬車の御者も分かっています。展示ケースのそばで、あなたを目撃した警備員も見つけました。それに、あなたからのダイアモンド・カット依頼を断ったアイキー・サンダースも見つけ出しました。アイキーが密告したのですから、もはやこれまでです」（ホームズ）

《マザリンの宝石》

THE IGIRIS LONDON MOUNTAIN　　近附ルーホトイワホ敦倫國英

ホワイトホール（官庁街：ロンドン）

マダム・タッソー

彼（伯爵）はあたりを見回し、すぐ窓際にある蠟人形を見つけたが、驚きのあまり指差し、ただ茫然と立っているだけで言葉も出なかった。

「ちっ、ただのマネキンだ」伯爵が言った。

「偽物か。マダム・タッソーのようだがそうじゃねえ。ガウンも何もかも生き写しだ。それにしても、伯爵、このカーテンはどうなっているんですかい」（サム・マートン）　　　　　　　　　《マザリンの宝石》

マダム・タッソーのロウ人形館（ゴードン将軍の最後；ロンドン）

※写真はマダム・タッソーに展示されたゴードン将軍の最後の場面。将軍は1885年1月26日、ハルツームでマフディーの反乱軍に10カ月包囲されたのち殺された。英国軍の援軍が到着したのは、その2日後のことだった。

マダム・タッソー　《マザリンの宝石》に登場

過去から現代までの歴史上の人物や有名人の等身大の蝋人形を陳列する博物館。タッソー夫人はフランスのストラスブール生まれ。1802年に35体の蝋人形を持って英国に渡り、33年間各地で蝋人形を見せて回った。1835年にロンドンのベイカー街に常設館を設けた。1884年に、地下鉄ベイカー街駅に近い現在地に移った時には400体の蝋人形を有していたという。ホームズとワトスンが暮らしたベイカー街221B（架空の地番）のすぐ傍だから、二人も見に行ったことだろう。

アムステルダム

> 「宝石はここ、秘密のポケットの中だ。どこか他に置くなんて危険はおかさない。宝石は今夜イギリスから持ち出して、日曜日までにはアムステルダムで4つに分割される。あいつ（ホームズ）はヴァン・セダーのことは何も知らないからな」（ネグレット・シルバイス伯爵）

《マザリンの宝石》

Amsterdam, op de Binnen-Amstel.

アムステルダム（オランダ：ビネン-アムステル）

アムステルダム（Amsterdam, オランダ） 《マザリンの宝石》に登場

オランダ王国の首都で経済・文化の中心都市。中心部に世界最古の証券取引所とされるアムステルダム証券取引所（現在は合併してユーロネクストの一取引所）がある。13世紀にアムステル川の河口部にできた漁村から発展した。市名は「アムステル川」に「ダム」を造って堰き止めたことが由来という。

チューダー朝式の館

キジの禁猟地を通る小路を進んで行くと、視界の開けた場所から丘の上に立つ半ばチューダー朝式、半ばジョージ王朝式の広々とした木骨造りの館が見えた。（ワトスンの記述）　　　　　　　　　　《ソア橋》

チューダー式の家（リッチフィールド：英国）

プラハ

「教授はこれまで一度もやったことがないことをやりだした。行き先も告げないで家を空けた。2週間も出て行ったきり、帰宅した時はかなり旅行疲れしているように見えた。普段はとても率直な人なのだが、行き先については何も言わなかった。しかし、ここにいる依頼人のベネットさんが、たまたまプラハにいる学友から手紙をもらったが、それにはかの地でプレスベリー教授を見かけてうれしかったが、話しかけられなかったと書いてあったという。こうして家族は初めて教授の行き先を知ったという次第だ」（ホームズ）

《這う男》

プラハ（ブルタバ川にかかるパラツキー橋：チェコ）

バーミンガム

「すばらしい」息を切らしながら部屋の主（ネイサン・ガリデブ）が言った。「これで3人がそろう」

「バーミンガムで調査を始めたのです」アメリカ人（ジョン・ガリデブ＝偽名）が言った。「現地にいる私の代理人が地元新聞に載ったこの広告を送ってくれました。これは早急に対処しなくてはなりません。この人に手紙を書いて、あなたが明日の午後4時に彼の事務所に訪ねて行く旨を伝えておきました」

《三人のガリデブ》

バーミンガム（ニュー街、英国）

バーミンガム（Birmingham、英国） 《株式仲買店員》《三人のガリデブ》《グロリア・スコット号》の3事件に登場
イングランド中央部、ウェスト・ミッドランズに属する英国第2の都市。ロンドンとリヴァプールを結ぶ街道の中間に位置する。「バーミンガム」という地名は Beormainga ham、つまり「Beorma（バーミンガム周辺に住んでいたアングロサクソン系の住民）の子孫たちの農場」に由来する。16世紀に鉄鉱石や石炭が入手しやすい利点を活かして製造業の都

市になった。1820年に内陸運河が拡張され1837年には鉄道も開通した。結果、英国を代表する工業都市に発展した。19世紀後半には人口50万人を誇る都市となった。反面、急速な工業化は公害を引き起こし、かつてバーミンガムはスモッグで1日中、太陽の光を得られない都市となり「ブラックカントリー」と呼ばれたこともあった。

イングランド銀行

「エバンズ君、我われはそのようなことはしない。この国に君の隠れ場所はない。あのプレスコットという男を射殺したのか」（ホームズ）
「そうです。先に手を出したのは奴（ニセ札造りのプレスコット）のほうなのに5年も食らいこんでしまいました。5年もですぜ―スープ皿くらいのメダルを貰ったって当然なのに。プレスコットがつくったニセ札とイングランド銀行の札を区別できる人間なんて誰一人だっていやしません。もし、俺が奴をやっちまわなければ、奴は偽札でロンドン中をあふれさせたことでしょう」（殺し屋エバンズ）　　　　《三人のガリデブ》

LONDON. BANK OF ENGLAND.　　　　Copyright, F. F. & Co.

イングランド銀行（ロンドン）

イングランド銀行（Bank of England, ロンドン）　《踊る人形》《三人のガリデブ》に登場
英国の中央銀行。1694年創業。英国で「ザ・バンク」といえば「イングランド銀行」を指す。正面入口がスレッドニードル街に面していることから、18世紀には「スレッドニードル街の貴婦人」と呼ばれた。1833年にイングランド銀行券は法貨として認められ、銀行券の発行を一般の銀行業務から分離させた。

オーストリア

「その男が今は亡きモリアーティ教授や、今も生きているセバスチャン・モラン大佐よりも危険な人物だとしたら、まさに相手にする価値はあります。名前を教えていただけますか」（ホームズ）
「グルーナー男爵のことをお聞きになったことはありますか」
「オーストリアの殺人者のことですね」
デマリ大佐は笑いながら、子ヤギ革製の手袋をはめた両手をさっと上げた。　　　　　　　　　　　　　　　　　　　　　　　　　　　《高名な依頼人》

ウィーン（ノルトバーン：オーストリア）

ウィーン（Wien, オーストリア） 《這う男》と《高名な依頼人》にオーストリアが登場

オーストリアの首都。まちの中心部は「リング・シュトラーセ（幅57m、全長6.5km）」という環状道路に囲まれている。これはフランツ・ヨーゼフ皇帝が1857年に出した勅令（城壁を壊して道路にする）の結果できたもの。19世紀後半から20世紀にかけてリング（環状道路）沿いに建物が次々と建築された。

プラハ

「ヨーロッパ大陸で起きた犯罪の詳細を把握しておくのも私の仕事の一つです。プラハで起きた事件の記録を読んで、あの男の有罪を疑わない者など一人もいません。あの男が罪を免れたのは、純粋に法律上の技術的な問題と証人の不審な死によるものです」（ホームズ）　　《高名な依頼人》

プラハ（ペトシーンの丘からの眺め：チェコ）

グランド・ホテル

（新聞売りが持つ）あの見出し広告が目に入り恐怖の激震が心に走った時、
私（ワトスン）は、その時に立っていた敷石を今でも示せると思う。グ
ランド・ホテルとチャリング・クロス駅の間で、片方が義足の新聞売り
が夕刊を掲げていた。ホームズと話をした2日後のことだった。黄色い紙
に黒字で書かれた恐ろしい見出しが躍っていた。

「シャーロック・ホームズ氏襲われる」（ワトスンの記述）《高名な依頼人》

トラファルガー・スクエアの豪華ホテル（ロンドン）

ミラノ

私たちが玄関ホールを通り過ぎた時、何も見落とさないホームズの目が
隅に積み上げられた数個のトランクとスーツケースに留まった。ラベル
がそれぞれに貼られて光っていた。

「"ミラノ""ルツェルン"、イタリアからだ」

「亡くなったダグラスのものです」

「まだ開けていませんね。届いてからどのくらい経ちますか」

「先週、届きました」（メイバリー夫人）　　　　　　　　　　《三破風館》

Milano - 23 Basilica di S. Ambrogio

ミラノ（サンタンブロージョ教会：イタリア）

ミラノ（Milano、イタリア）　《三人のガリデブ》に登場

イタリア北部、ロンバルディア州の都市。イタリア第２の都市で経済の中心。商工業や金
融業における大企業の本社が置かれている。ホームズの時代、19世紀にはフランスのリヨ
ンと並ぶヨーロッパ絹織物業の中心都市だった。その後、19世紀末から20世紀初頭にかけ
て、ここはイタリア近代工業の中心になった。その原動力はスイスやベルギーなどの金融
業と結びついて資金力が豊富だったこと、新エネルギー源としてアルプス山地の水力を利
用でき発電が容易だったことがあげられる。結果、冶金、機械、化学などの面で国際競争
力を持った工業がこの地で誕生し発展した。

カイロ

「事件がこのように有能な人の手に渡ったからには、私にはもう何もする
ことがないと思います。ところでメイバリーさん、旅行をしたいとおっ
しゃっていましたよね」
「ホームズさん、いつもそれが私の夢でした」
「どこへ行きたいですか—カイロですか、マデイラ島ですか、それともリ
ビエラ」
「ええ、お金がありましたら世界一周に出たいですわ」　　　　《三破風館》

カイロ（エジプト）

カイロ（Cairo、エジプト）　《三人のガリデブ》に登場

エジプトの首都。969年、チュニジアに誕生したファーティマ朝（909-1171）が、ナイル
川の東側（右岸）、ムカッタム丘のふもとに新都を建設したことが起源。そこを「カーヒラ
（勝利の都）」と名付けたのが「カイロ」の名前の由来という。1798年のナポレオンによる
エジプト遠征と続くムハンマド・アリー（治世：1805-48）のエジプト総督就任は同国を

近代化させる礎となった。ムハンマド・アリーの孫、イスマイール（治世：1863-79）の時代にカイロの様子は一変した。イスマイールはカイロの整備に際して、広場を中心に放射線状に延びる県知事オスマンの「パリ改造計画」を手本とした。広場を中心に旧市街地に大きな幅員の直進道路が建設され、市街地にはアブディーン宮殿が建設され、宮殿を中心として官庁街が形成された。1882年以後、英国駐留時代には植民地行政の中心都市として機能したほか、1922年の独立後もエジプトの中心都市として発展した。

ケープタウン

彼は戦友でした―これは軍隊においては重い意味があります。私たちは激しい戦闘が続いた1年間、苦楽を共にしたのです。その後、彼はプレトリア郊外、ダイアモンド・ヒル近くで戦闘があった時、象撃ち銃の弾丸で被弾しました。私はケープタウンの病院から１通、サウサンプトンの病院からもう１通、手紙をもらいました。ホームズさん、それ以来ひと言も―ひと言も彼から連絡がないのです。もう半年以上になります。一番親しい友だちだというのに」（ジェームズ・M・ドッド）　《白面の兵士》

Cape Town and Table Mountain

ケープタウンのテーブル・マウンテン（南アフリカ共和国）

プレトリア
南アフリカ共和国の行政上の首都（立法上はケープタウン、司法上はブルームフォンティーン）。政治・行政の中心として1855年に建設された標高1500メートルの高原都市。ボーア人により建設された都市で、ボーア人の政治指導者W・プレトリウスの父、A・プレトリウスにちなんで「プレトリア」と命名された。

ケープタウン（Cape Town、南アフリカ共和国） 《白面の兵士》《恐怖の谷》に登場
西ケープ州に位置する都市。現在、南アフリカ共和国の議会が置かれ、立法首都と位置づけられている。アフリカーンス語ではカープスタット（Kaapstad）という。市街地はテーブルマウンテンとテーブル湾の間の平地に位置する。まちの起源は1652年4月6日、オランダ東インド会社が東アフリカ、インド、東アジア貿易に従事するオランダ船の補給基地建設のため、ファン・リーベックがここに上陸したことによる。最初は「岬の村」と呼ばれていたが、18世紀に入ると補給基地の役割以上に発展し、「ケープタウン」と呼ばれるようになった。1806年1月に英国軍がケープタウンを占領し、1815年には英国領となった。1910年に英国自治領である「南アフリカ連邦」が独立し、1961年には英連邦から脱退、共和制への移行とともに「南アフリカ共和国」が成立した。

ビーチーヘッド

私（ホームズ）の家はダウンズ（イングランド南部・東南部の丘陵地）の南斜面にあり英仏海峡の雄大な景観を見渡せる。この地点では海岸線は完全に白亜の断崖で、降りる道はただ一つ、長く曲がりくねっていて、おまけに急坂で滑りやすい。その小道の先には、満潮時でさえ水没しない小石と砂砂利の浜が100ヤード（約90メートル）ほど続いている。

《ライオンのたてがみ》

ビーチーヘッド（Beachy Head、英国） 作品に地名は登場しないが、ホームズ引退の地として知られる
イングランド南東部、イーストサセックス州にある岬。イーストボーンの南西約5kmに位置する未固結の石灰岩（チョーク）からなる白い崖（ホワイトクリフ）で高さは163mに達する。サウス・ダウンズはここで終わり、グリーンからブルーの世界へと景色が変わる。岬の附近には白亜紀に形成された全長約5kmの白くて美しい絶壁「セブンシスターズ」が広がる。渡り鳥や蝶の観察地としても知られ、現在、イーストボーンとシーフォード間の海岸線はすべてナショナル・トラストと地方自治体により管理されている。

イーストボーンのビーチーヘッド（英国）

イーストボーン

　私（ホームズ）の家はぽつんと建っている一軒家だ。私と老家政婦、ミ
ツバチ、これしか住んでいない。しかし、半マイル（約800メートル）ほ

イーストボーン（英国：ザ・ダウンズ）

ど離れた所には、ハロルド・スタックハーストの有名な訓練学校「ゲイ
ブルズ」がある。かなり広い敷地をもち、種々の職業訓練を受けている
多数の若者と若干の教師がいる。(ホームズの記述)《**ライオンのたてがみ**》

ボート選手

スタックハースト自身も若い頃はよく知られた(著名大学の)ボート選
手で、オールラウンドの優等生であった。彼と私(ホームズ)は、私が
この海岸に来た時からずっと仲がよく、夕方には招待がなくても、お互
い、ぶらりと立ち寄れる仲になったのは彼だけであった。
(ホームズの記述)　　　　　　　　　　　　　　　《**ライオンのたてがみ**》

オックスフォード「エイト」(英国)

ボート選手 《ライオンのたてがみ》に登場
オックスフォード大学の主なボート・レースはトーピッズや夏のサマー・エイトがよく知られているが、これらのレースは19世紀初頭が起源といわれる。当時の学生たちはレクリエーションとして下流のサンフォード・ロック（地名）まで漕ぎ下り、そこのキングズ・アーム・インで食事をとって、また戻ってくるのが慣例だった。ゆえに、帰路をボートで競い合うレースが始まったのがボート・レースの起源とされる。

ロイヤル・アルバート・ホール

「どこに問題があるのだ」（ワトスン）
「おそらく、ぼくの想像力の中にさ。さて、ワトスン、この問題はひとまず置いておこう。音楽という脇道を通って、このうんざりする世界から逃げ出そう。カリーナが今晩アルバート・ホールで歌うけど、まだ時間があるから着替えて食事をして、それから楽しむとしよう」（ホームズ）

《引退した絵の具屋》

ロイヤル・アルバート・ホール（ロンドン）

ロイヤル・アルバート・ホール（Royal Albert Hall, ロンドン） 《引退した絵の具屋》に登場
ヴィクトリア女王の夫君アルバート公を記念してケンジントンに建設された公会堂。工事

はアルバート公が逝去した1861年の6年後、1867年にヴィクトリア女王が礎石を置いて着工された。フォウク大尉の設計、H.Y.Dスコット大佐の指揮により1871年に開館した。20万ポンドの建設費をかけ、8000人収容の規模を誇る。ウィリスにより製作されたパイプオルガンは世界最大級で8000本のパイプを有し、風袋は2個の蒸気エンジンで作動した。1877年に開催されたワーグナー・フェスティバルではワーグナー自身が指揮をしたほか、ホームズが活躍した1880年代にダンス・フロアが完成した。

ウィンブルドン

「一座（サーカス団）が一夜を過ごすため、バークシャー州の小さな村アバス・パルバア（架空の地名）に滞在した時、惨事が起きた。一座は陸路をウィンブルドンに向かう途中だったので、そこでは単に宿泊用テントを張っただけで興行の予定はなかった。この村は小さすぎて採算が取れないためだった」（ホームズのワトスンへの説明）　　《覆面の下宿人》

ウィンブルドン（Wimbledon、ロンドン）《覆面の下宿人》に登場

グレーターロンドン南西部、マートン自治区の一地区。19世紀前半までは農村の色彩が濃かったが、1838年に集落の近くに鉄道駅ができたことから急速に宅地化が進んだ。ウィンブルドンといえば全英テニス選手権大会の通称。大会は毎年6月下旬から2週間開催されるが、ここで初の男子のシングルス選手権大会が開催されたのは1877年。ウィンブルドンの地名が登場する《覆面の下宿人》事件が発生したのは1896年だから、すでにここで選手権大会が始まっていたことになる。

ウィンブルドン
（オランダ公園：英国）

ニューマーケット

「彼（サー・ロバート・ノーバートン）はショスコム・オールド・プレイスに住んでいるが、あそこはよく知っている。以前、ひと夏を過ごしたことがあるからね。彼は、もう少しで君の世話になるところだったのだ」（ワトスン）

「それはまた、どうして」（ホームズ）

「ニューマーケット・ヒースで、カーゾン街のよく知られた金貸しサム・ブルーワーを馬用の鞭で打った時のことだよ。もう少しで殺してしまうところだったのだ」

《ショスコム荘》

St. Mary's Church, Newmarket
Valentine's Series

ニューマーケット（セント・メアリー教会：英国）

ニューマーケット（Newmarket、英国）《ショスコム荘》に登場

イングランド東部、サフォーク州西部フォレストヒース行政区の都市。ロンドンの北約90km、ケンブリッジの東約20kmのところに位置する。英国における競馬の発祥地といわれ、ここで英国G1レースが数多く開催される。よって、ここには数多くの牧場はじめ英国最大のトレーニング場があるほか、競走馬の産地としても知られる。

付録

1. 「シャーロック・ホームズ物語」全紹介
2. この作品は、どの単行本にふくまれるのか
3. 初出誌・初版単行本の大きさ
4. ホームズ年代学と事件発生年号の覚え方
5. 「ホームズ物語」に登場する英国以外の国名・地域名 (50音順)
6. ホームズ関連年譜

「ストランド・マガジン」に掲載されたフランク・ワイルズの挿し絵

「シャーロック・ホームズ物語」全紹介

全作品は9冊（Ⅰ～Ⅸ）の単行本に収められた①～⑳の60作品です。
作品内の番号はそれぞれ、1邦訳題名／2原題／3発表年月／4事件発生期間／5初
出誌を表しています。作品は単行本掲載順とし、事件発生期間は著名シャーロッキ
ンであるベアリング＝グールドの説に従いました。邦訳題名は、翻訳者や出版社に
よって違っているものもあります。月刊雑誌「ザ・ストランド・マガジン」はすべ
てジョージ・ニューンズ社から刊行されました。

Ⅰ． 「緋色の習作」（長編）
　　A STUDY IN SCARLET

① 　1. 緋色の習作
　　2. A Study in Scarlet
　　3. 1887.11
　　4. 1881.3.4-3.7
　　5. 「ビートンのクリスマス・アニュアル」
　　　（ワード・ロック社、ロンドン）
※1888年に同社から同名単行本としての初版が
　刊行された

Ⅱ． 「四つのサイン」（長編）
　　THE SIGN OF THE FOUR

② 　1. 四つのサイン
　　2. The Sign of the Four
　　3. 1890.2
　　4. 1888.9.18 - 9.21
　　5. 「リピンコッツ」

（米国版はリピンコット社、英国版はワード・
ロック社から刊行）
※1890年にスペンサー・ブラケット社から、THE
　SIGN OF FOUR のタイトルで単行本初版が刊
　行された

Ⅲ． 『シャーロック・ホームズの冒険』
　　　（12編収録）
　　*THE ADVENTURES OF SHERLOCK
　　HOLMES*

③ 　1. ボヘミアの醜聞
　　2. A Scandal in Bohemia
　　3. 1891.7
　　4. 1887.5.20 - 5.22
　　5. 「ザ・ストランド・マガジン」

④ 　1. 赤毛組合
　　2. The Red – Headed League
　　3. 1891.8
　　4. 1887.10.29- 10.30
　　5. 「ザ・ストランド・マガジン」

⑤ 　1. 花婿失踪事件
　　2. A Case of Identity
　　3. 1891.9
　　4. 1887.10.18-10.19
　　5. 「ザ・ストランド・マガジン」

⑥ 　1. ボスコム谷の惨劇
　　2. The Boscombe Valley Mystery
　　3. 1891.10
　　4. 1889.6.8-6.9
　　5. 「ザ・ストランド・マガジン」

⑦ 　1. オレンジの種五つ
　　2. The Five Orange Pips
　　3. 1891.11
　　4. 1887.9.29-9.30

5.「ザ・ストランド・マガジン」

⑧　1.唇のねじれた男
　　2. The Man With the Twisted Lip
　　3. 1891. 12
　　4. 1887.6.18 - 6. 19
　　5.「ザ・ストランド・マガジン」

⑨　1.青いガーネット
　　2. The Adventure of the Blue Carbuncle
　　3. 1892.1
　　4. 1887.12.27
　　5.「ザ・ストランド・マガジン」

⑩　1.まだらの紐
　　2. The Adventure of the Speckled
　　　 Band
　　3. 1892.2
　　4. 1883.4.6
　　5.「ザ・ストランド・マガジン」

⑪　1.技師の親指
　　2. The Adventure of the Engineer's Thumb
　　3. 1892.3
　　4. 1889.9.7-9.8
　　5.「ザ・ストランド・マガジン」

⑫　1.独身の貴族
　　2. The Adventure of the Noble Bachelor
　　3. 1892.4
　　4. 1886.10.8
　　5.「ザ・ストランド・マガジン」

⑬　1.緑柱石の宝冠
　　2. The Adventure of the Beryl
　　　 Coronet
　　3. 1892.5
　　4. 1890.12.19-12.20
　　5.「ザ・ストランド・マガジン」

⑭　1.ブナ屋敷
　　2. The Adventure of the Copper Beeches
　　3. 1892.6
　　4. 1889.4.5-4.20
　　5.「ザ・ストランド・マガジン」

※これら短編12作品は『シャーロック・ホームズの冒険』として、1892年にジョージ・ニューンズ社から単行本が刊行された

IV. 『シャーロック・ホームズの思い出』　　(11編収録)
THE MEMOIRS OF SHERLOCK HOLMES

⑮　1.シルバー・ブレイズ
　　2. The Adventure of Silver Blaze
　　3. 1892.12
　　4. 1890.9.25-9.30
　　5.「ザ・ストランド・マガジン」

⑯　1.黄色い顔
　　2. The Adventure of the Yellow Face
　　3. 1893.2
　　4. 1888.4.7
　　5.「ザ・ストランド・マガジン」

⑰　1.株式仲買店員
　　2. The Adventure of the Stockbroker's Clerk
　　3. 1893.3
　　4. 1889.6.15
　　5.「ザ・ストランド・マガジン」

⑱　1.グロリア・スコット号
　　2. The Adventure of the "Gloria Scott"
　　3. 1893.4
　　4. 1874.7.12-9.22
　　5.「ザ・ストランド・マガジン」

⑲　1.マスグレイヴ家の儀式書
　　2. The Adventure of the Musgrave Ritual
　　3. 1893.5
　　4. 1879.10.2

5.「ザ・ストランド・マガジン」

⑳ 1.ライゲイトの大地主
2.The Adventure of the Reigate Squire
3.1893.6
4.1887.4.14-4.26
5.「ザ・ストランド・マガジン」

㉑ 1.背の曲がった男
2.The Adventure of the Crooked Man
3.1893.7
4.1889.9.11-9.12
5.「ザ・ストランド・マガジン」

㉒ 1.入院患者
2.The Adventure of the Resident Patient
3.1893.8
4.1886.10.6-10.7
5.「ザ・ストランド・マガジン」

㉓ 1.ギリシア語通訳
2.The Adventure of the Greek Interpreter
3.1893.9
4.1888.9.12
5.「ザ・ストランド・マガジン」

㉔ 1.海軍条約文書事件
2.The Adventure of the Naval Treaty
3.1893.10-11
4.1889.7.30-8.1
5.「ザ・ストランド・マガジン」

㉕ 1.最後の事件
2.The Adventure of the Final Problem
3.1893.12
4.1891.4.24-5.4
5.「ザ・ストランド・マガジン」
※これら短編11作品は『シャーロック・ホームズの思い出』として1893年にジョージ・ニューンズ社から単行本が刊行された

V．『バスカヴィル家の犬』（長編）
THE HOUND OF THE BASKERVILLES

㉖ 1.バスカヴィル家の犬
2.The Hound of the Baskervilles
3.1901.8-1902.4
4.1888.9.25-10.20
5.「ザ・ストランド・マガジン」
※『バスカヴィル家の犬』の単行本は1902年にジョージ・ニューンズ社から刊行された

VI．『シャーロック・ホームズの帰還』
　　（13編収録）
THE RETURN OF SHERLOCK HOLMES

㉗ 1.空き家の冒険
2.The Adventure of the Empty House
3.1903.10
4.1894.4.5
5.「ザ・ストランド・マガジン」

㉘ 1.ノーウッドの建設業者
2.The Adventure of the Norwood Builder
3.1903.11
4.1895.8.20-8.21
5.「ザ・ストランド・マガジン」

㉙ 1.踊る人形
2.The Adventure of the Dancing Men
3.1903.12
4.1898.7.27-8.13
5.「ザ・ストランド・マガジン」

㉚ 1.美しき自転車乗り
2.The Adventure of the Solitary Cyclist
3.1904.1
4.1895.4.13-4.20
5.「ザ・ストランド・マガジン」

㉛ 1.プライオリ・スクール
2.The Adventure of the Priory School
3.1904.2

4 . 1901.5.16-5.18
5 .「ザ・ストランド・マガジン」

㉜ 1 .ブラック・ピーター
2 . The Adventure of the Black Peter
3 . 1904.3
4 . 1895.7.3-7.5
5 .「ザ・ストランド・マガジン」

㉝ 1 .恐喝王ミルヴァートン
2 . The Adventure of Charles Augustus Milverton
3 . 1904.4
4 . 1899.1.5-1.14
5 .「ザ・ストランド・マガジン」

㉞ 1 .六つのナポレオン像
2 . The Adventure of the Six Napoleons
3 . 1904.5
4 . 1900.6.8-6.10
5 .「ザ・ストランド・マガジン」

㉟ 1 .三人の学生
2 . The Adventure of the Three Students
3 . 1904.6
4 . 1895.4.5-4.6
5 .「ザ・ストランド・マガジン」

㊱ 1 .金縁の鼻眼鏡
2 . The Adventure of the Golden Pince=Nez
3 . 1904.7
4 . 1894.11.14-11.15
5 .「ザ・ストランド・マガジン」

㊲ 1 .スリー・クォーターの失踪
2 . The Adventure of the Missing Three-Quarter
3 . 1904.8
4 . 1896.12.8-12.10
5 .「ザ・ストランド・マガジン」

㊳ 1 .アビイ館
2 . The Adventure of the Abbey Grange
3 . 1904.9
4 . 1897.1.23
5 .「ザ・ストランド・マガジン」

㊴ 1 .第二の血痕
2 . The Adventure of the Second Stain
3 . 1904.12
4 . 1886.10.12-10.15
5 .「ザ・ストランド・マガジン」

※これら短編13作品は『シャーロック・ホームズの帰還』として1905年にジョージ・ニューンズ社から単行本が刊行された

Ⅶ. 『恐怖の谷』(長編)
THE VALLEY OF FEAR

㊵ 1 .恐怖の谷
2 . The Valley of Fear
3 . 1914.9-1915.5
4 . 1888.1.7-1.8
5 .「ザ・ストランド・マガジン」

※『恐怖の谷』の単行本は1915年にジョージ・H・ドラン社から刊行された

Ⅷ.『最後の挨拶』(8編収録)
HIS LAST BOW
SOME REMINISCENCES OF SHERLOCK HOLMES

㊶ 1 .ウィステリア荘
2 . The Adventure of Wisteria Lodge
3 . 1908.9-10
4 . 1890.3.24-3.29
5 .「ザ・ストランド・マガジン」

㊷ 1 .ボール箱
2 . The Adventure of the Cardboard Box
3 . 1893.1
4 . 1889.8.31-9.2
5 .「ザ・ストランド・マガジン」

付録2 この作品は、どの単行本に含まれるのか

(邦訳題名50音順。数字は作品の発表年月。略した単行本の書名と刊行年は末尾に)

青いガーネット（冒険、1892.1）

赤い輪（挨拶、1911.3-4）

赤毛組合（冒険、1891.8）

空き家の冒険（帰還、1903.10）

悪魔の足（挨拶、1910.12）

アビイ館（帰還、1904.9）

引退した絵の具屋（事件簿、1927.1）

ウィステリア荘（挨拶、1908.9-10）

美しき自転車乗り（帰還、1904.1）

踊る人形（帰還、1903.12）

オレンジの種五つ（冒険、1891.11）

海軍条約文書事件（思い出、1893.10-11）

株式仲買店員（思い出、1893.3）

黄色い顔（思い出、1893.2）

恐喝王ミルヴァートン（帰還、1904.4）

恐怖の谷（恐怖の谷、1914.9-1915.5）

金縁の鼻眼鏡（帰還、1904.7）

技師の親指（冒険、1892.3）

ギリシア語通訳（思い出、1893.9）

唇のねじれた男（冒険、1891.12）

グロリア・スコット号（思い出、1893.4）

高名な依頼人（事件簿、1925.2-3）

最後の挨拶（挨拶、1917.9）

最後の事件（思い出、1893.12）

サセックスの吸血鬼（事件簿、1924.1）

三人のガリデブ（事件簿、1925.1）

三人の学生（帰還、1904.6）

三破風館（事件簿、1926.10）

ショスコム荘（事件簿、1927.4）

シルバー・ブレイズ（思い出、1892.12）

スリー・クォーターの失踪（帰還、1904.8）

背の曲がった男（思い出、1893.7）

ソア橋（事件簿、1922.2-3）

第二の血痕（帰還、1904.12）

独身の貴族（冒険、1892.4）

入院患者（思い出、1893.8）

ノーウッドの建設業者（帰還、1903.10）

這う男（事件簿、1923.3）

白面の兵士（事件簿、1926.11）

花婿失踪事件（冒険、1891.9）

バスカヴィル家の犬（バスカヴィル、1901.8-1902.4）

緋色の習作（緋色、1887.11）

瀕死の探偵（挨拶、1913.12）

覆面の下宿人（事件簿、1927.2）

ブナ屋敷（冒険、1892.6）

ブラック・ピーター（帰還、1904.3）

ブルース＝パティントン設計書（挨拶、1908.12）

プライオリ・スクール（帰還、1904.2）

ボール箱（思い出、1893.1）

ボスコム谷の惨劇（冒険、1891.10）

ボヘミアの醜聞（冒険、1891.7）

マザリンの宝石（事件簿、1921.10）

マスグレイヴ家の儀式書（思い出、1893.5）

まだらの紐（冒険、1892.2）

六つのナポレオン像（帰還、1904.5）

四つのサイン（四サイン、1890.2）

ライオンのたてがみ（事件簿、1926.12）

ライゲイトの大地主（思い出、1893.6）

緑柱石の宝冠（冒険、1892.5）

レディ・フランシス・カーファクスの失踪（挨拶、1911.12）

【邦題省略例および単行本刊行年】

『緋色の習作』（緋色、1888）

『四つのサイン』（四サイン、1890）

『シャーロック・ホームズの冒険』（冒険、1892）

『シャーロック・ホームズの思い出』（思い出、1894）

『バスカヴィル家の犬』（バスカヴィル、1902）

『シャーロック・ホームズの帰還』（帰還、1905）

『恐怖の谷』（恐怖の谷、1915）

『最後の挨拶』（挨拶、1917）

『シャーロック・ホームズの事件簿』（事件簿、1927）

付録3 初出誌・初版単行本の大きさ

① 出版年（初出誌は月まで）
② 出版社
③ 縦の長さ
④ 横の長さ
⑤ 厚さ
⑥ 重さ
※③④⑤⑥の数値については、手元にあるもの
を測った結果であり、各雑誌または単行本に
よっては若干の違いがあるものと思われます

「ビートンのクリスマス・アニュアル」
《緋色の習作》初出誌

① 1887年11月
② ワード・ロック社（ロンドン）
③ 212mm
④ 138mm
⑤ 13mm
⑥ 275g

※現存する原本は世界に33冊（個
人所有は11冊）といわれており、
本書はホームズ登場100周年を
記念して復刻されたうちの1冊
を計りました

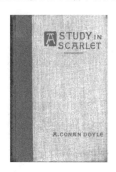

『緋色の習作』（単行本）
① 1898年
② ワード・ロック社（ロンドン）
③ 190mm
④ 130mm

⑤ 28mm
⑥ 457g
※本書は Third Edition.Crown 8vo.
Illustrated,With Note on Sherlock Holmes
by Dr.Jos.Bell 版のものを計りました

「リピンコッツ」
《四つのサイン》初出誌

① 1890年2月
② J:B: リピンコット社（米国）
（英国版はワード・ロック社から刊行）
③ 237mm
④ 156mm
⑤ 14mm
⑥ 317g

『四つのサイン』(単行本)
① 1890年
② スペンサー・ブラケット社 (ロンドン)
③ 194mm
④ 131mm
⑤ 31mm
⑥ 590g

『シャーロック・ホームズの冒険』
① 1892年
② ジョージ・ニューンズ社
③ 243mm
④ 165mm
⑤ 32mm
⑥ 1105g

「ストランド・マガジン」
① 1891年9月号の場合 (《花婿失踪事件》
　収録)
② ジョージ・ニューンズ社 (ロンドン)
③ 246mm
④ 168mm
⑤ 8mm
⑥ 271g

『シャーロック・ホームズの思い出』
① 1894年
② ジョージ・ニューンズ社
③ 241mm
④ 167mm
⑤ 26mm
⑥ 992g

『バスカヴィル家の犬』
① 1902年
② ジョージ・ニューンズ社
③ 190mm
④ 130mm
⑤ 40mm
⑥ 515g

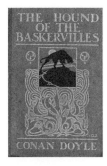

『シャーロック・ホームズの帰還』
① 1905年
② ジョージ・ニューンズ社
③ 190mm
④ 130mm
⑤ 47mm
⑥ 611g

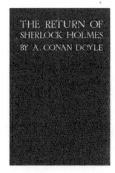

『恐怖の谷』
① 1915年　② ジョージ.H.ドラン社
③ 202mm
④ 137mm
⑤ 37mm
⑥ 554g

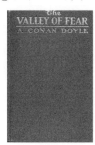

『最後の挨拶』
① 1917年　② ジョン・マレー社
③ 192mm
④ 131mm
⑤ 35mm
⑥ 414g

『シャーロック・ホームズの事件簿』
① 1927年　② ジョン・マレー社
③ 193mm
④ 128mm
⑤ 39mm
⑥ 439g

ホームズ年代学と事件発生年号の覚え方

1.年代学

「ホームズ物語」全60編の中には、事件発生年月日が本文中に明記されておらず年代不詳なものがいくつかあります。シャーロッキアンたちは、その事件がいつ起きたものなのかを割り出そうと、季節や天気、その他、あらゆる手掛かりを参考にして絞りこんでいくのです。これを「年代学（Chronology）」と呼びます。シャーロッキアンの間では「ホームズ物語」、つまりホームズが扱った事件を記録したのは相棒で医師のワトスンであり、作者のドイルはワトスンが書いた事件録を単に出版社に売り込んだ文芸エージェントに過ぎないという位置付けです。そして、ワトスンが書いた記録はどれも信用できるものであり、もし、これが客観的事実と異なる場合は、その理由として①事の重大さを考慮し、あえて仮名や架空の場所に変更した②誤植や校正者のチェックミス③出版代理人（ドイル）や編集者による書き改めがあった…ということになっています。

　日本人シャーロッキアンで優れた年代学者でもあった鈴木利男は年代学を「ホームズの正確な活動時期と事件相互間の時間的前後関係を推定する研究」と定義するとともに、「事件が起きた時点や事件を解決した時点ではなく、ホームズが捜査にあたった時期によって、60件の事件を時間的に順序たてるもの」だと説明しています。本来、このような研究は欧米のシャーロッキアンのほうが先達であり、ざっと名前をあげると、ハロルド・ウィルマーディング・ベル、トーマス・シドニーブレイクニー、ジェイ・フィンリー・クライスト、ギャビン・ブレンド、アーネスト・ブルームフィールド・ザイスラー、ウイリアム・スチュワート・ベアリング＝グールド、マーティン・デイキン、ヘンリー・T・フォルソム、ジョン・ホール、ジューン・トムスンなどが代表的な年代学者として知られています。

　本書は、上記の中でも『シャーロック・ホームズ ガス燈に浮かぶその生涯』(1962)や『注釈つきシャーロック・ホームズ』(1967) などの著作がある、米国の伝説的シャーロッキアン、ウイリアム・スチュワート・ベアリング＝グールド（1913-1967）の説を採用しました。ベアリング＝グールドは米国ミネソタ州ミネアポリスで英国領事の一人息子として生まれました。1935年にミネソタ大学を卒業後はいくつかの職業に就き、雑誌編集者や「タイム」誌の部長を務める傍らホームズ研究を行ない、世界最高の権威と歴史を誇るシャーロッキアン団体、ベイカー・ストリート・イレギュラーズ（BSI）の会員にも選ばれました。しかし筆者がBSIに入会を許された

1987年にはすでに他界していたので直接会って話したことはありません。

　彼の努力で絞り込まれた事件発生年月日は、「定説」とはいかないまでも、世界中のシャーロッキアンの間で最もよく使われているといっても過言ではありません。そこで、この事件発生年月日を覚えておくと世界中のシャーロッキアンと話す時にもなにかと便利なのです。よって、ここで、その覚え方を披露したいと思います。といっても、受験における年表の覚え方と一緒で"覚えるためなら、なり振り構わず"のスタンスで作った田中流のものであることをご了解ください。よって、多少、言葉が稚拙・乱暴なのはお許しください（笑ってご覧いただければ幸いです）。

　さて、実践編に話を進めると、まず、1874年にホームズが手掛けた最初の事件《グロリア・スコット号》から1899年の《恐喝王ミルヴァートン》まで、これらはみな1800年代の事件なので《グロリア・スコット号》と《金縁の鼻眼鏡》を除いて100年代の覚え方は省いてあります。60事件中、1900年以降のものは14件だけで、中でも1910年以降のものは1914年の《最後の挨拶》だけです。よって、この14事件が1800年代ではなく1900年代に入ってからの事件であることをしっかり覚える必要があります。

　ちなみに、「物語」の事件発生年月日とドイルが実際に作品を発表した「現実」の年月には、当然ですが時間的ずれがあり、中には大きくずれているものもあります。そのずれに注目する場合、前提として、シャーロック・ホームズが探偵業を引退してサセックスの丘に引っ越したのが1903年だということを頭に入れておく必要があります。その結果、引退後の事件《ライオンのたてがみ》の「ストランド・マガジン」発表が1926年12月であるのに対して、事件発生日（発生期間）は1909年7月27日から8月3日ですから、17年の時間的ずれが生じることになります。さらにずれが大きいのは《覆面の下宿人》で、これなどは発表が1927年で事件発生が1896年ですから、その差は31年になります。ある意味、時代考証が必要になるくらいの年月ともいえます。それもこれも"1903年ホームズ探偵業引退"が節目の年になっており、引退以降の物語は、いわば過去の「思い出の事件」にならざるを得ないからなのです。よって、事件発生年月日ではないものの、この1903年という年も記憶しておく必要があります。

2.事件発生年月日の覚え方

1.グロリア・スコット号	1874.7.12-9.22	ハナシの初めはグロリア・スコット
2.マスグレイヴ家の儀式書	1879.10.2	ナクした財宝、マスグレイヴ見つけ
3.緋色の習作	1881.3.4-3.7	ハイな出会いはホームズ、ワトスン
4.まだらの紐	1883.4.6	ハミがき忘れた、まだらヘビ
5.入院患者	1886.10.6-10.7	病気ヤム、入院患者
6.独身の貴族	1886.10.8	ハローわーくで嫁は探せぬ
7.第二の血痕	1886.10.12-10.15	ヤム茶じゃないよ、第二の血痕
8.ライゲイトの大地主	1887.4.14-4.26	ヤナ奴だよ、ライゲイトの大地主
9.ボヘミアの醜聞	1887.5.20-5.22	ハナより綺麗なアイリーン
10.唇のねじれた男	1887.6.18-6.19	ねじれた唇、ハナ隠す
11.オレンジの種五つ	1887.9.29-9.30	ハチシチ56のオレンジ
12.花婿失踪事件	1887.10.18-10.19	ハナ婿失踪、一大事
13.赤毛組合	1887.10.29-10.30	ハナから怪しい赤毛組合
14.瀕死の探偵	1887.11.19	ハナしもできない瀕死の探偵
15.青いガーネット	1887.12.27	胃袋から宝石、ハナ血出そう
16.恐怖の谷	1888.1.7-1.8	ヤヤ子も泣き出す恐怖の谷
17.黄色い顔	1888.4.7	黄色い顔はハハの愛
18.ギリシア語通訳	1888.9.12	ヤッパおかしい、ギリシア語通訳
19.四つのサイン	1888.9.18-9.21	ハヤく、サインしろ
20.バスカヴィル家の犬	1888.9.25-10.20	魔犬ハアハア、よだれ出す
21.ブナ屋敷	1889.4.5-4.20	ヤク束守ってブナ屋敷
22.ボスコム谷の惨劇	1889.6.8-6.9	ヤク島にあるボスコム谷
23.株式仲買店員	1889.6.15	四苦ハックの株屋店員
24.海軍条約文書事件	1889.7.30-8.1	ハク紙にもせよ、海軍条約
25.ボール箱	1889.8.31-9.2	ヤク病神のボール箱
26.技師の親指	1889.9.7-9.8	ヤクに立たない技師の親指
27.背の曲がった男	1889.9.11-9.12	ハク学男は背の曲がった男
28.ウィステリア荘	1890.3.24-3.29	クレパスでテリア描く
29.シルバー・ブレイズ	1890.9.25-9.30	第キュウ・レースはシルバー・ブレイズ
30.緑柱石の宝冠	1890.12.19-12.20	緑柱石は90億円

31. 最後の事件	1891.4.24-5.4	クイ無き闘いライヘンバッハ
32. 空き家の冒険	1894.4.5	キュウシに一生、空き家の冒険
33. 金縁の鼻眼鏡	1894.11.14-11.15	ハクシの眼鏡は金縁だ
34. 三人の学生	1895.4.5-4.6	三人の学生はキュウゴ班
35. 美しき自転車乗り	1895.4.13-4.20	急げ自転車、キュウコウだ
36. ブラック・ピーター	1895.7.3-7.5	ピーターに咬まれた、ナインコール
37. ノーウッドの建設業者	1895.8.20-8.21	ノーウッドでらクゴ(落語)聞く
38. ブルース＝パティントン設計書	1895.11.21-11.23	なくした設計書、かクゴ(覚悟)しろ
39. 覆面の下宿人	1896.10	下宿人はクロウ(苦労)人
40. サセックスの吸血鬼	1896.11.19-11.21	夫人はクロか吸血鬼
41. スリー・クォーターの失踪	1896.12.8-12.10	クォーター(小唄)はクロうと(玄人)
42. アビイ館	1897.1.23	アビイ館へキュウナ用事
43. 悪魔の足	1897.3.16-3.20	悪魔の足クルナ
44. 踊る人形	1898.7.27-8.13	踊る人形、解読クヤむ
45. 引退した絵の具屋	1898.7.28-7.30	引退したのは絵のグヤ
46. 恐喝王ミルヴァートン	1899.1.5-1.14	クックと笑う恐喝王
47. 六つのナポレオン像	1900.6.8-6.10	マルマル太ったナポレオン像
48. ソア橋	1900.10.4-10.5	ソア橋はダブルオーの形
49. プライオリ・スクール	1901.5.16-5.18	給食オイしいプライオリ・スクール
50. ショスコム荘	1902.5.6-5.7	オフ呂もないショスコム荘
51. 三人のガリデブ	1902.6.26-6.27	オフたりさんはガリデブ
52. フランシス・カーファクスの失踪	1902.7.1-7.18	オツにすましたお姫様
53. 高名な依頼人	1902.9.3-9.16	高名な依頼人オニだった
54. 赤い輪	1902.9.24-9.25	オツリは赤輪で
55. 白面の兵士	1903.1.7-1.12	白面の兵士はオミッとだ
56. 三破風館	1903.5.26-5.27	オッサンは破(傷)風
57. マザリンの宝石	1903.夏	マザコンはオミこみ通り
58. 這う男	1903.9.6-9.22	オミせしたいよ這う男
59. ライオンのたてがみ	1909.7.27-8.3	たてがみセットでオクれた
60. 最後の挨拶	1914.8.2	イヨいよ最後だ、最後の挨拶

※この覚え方は田中喜芳流であり、シャーロッキアンの間で一般化しているものではありません

アフガニスタン
《ボスコム谷の惨劇》《マスグレイヴ家の儀式》《海軍条約文書事件》《ライゲイトの大地主》《四つのサイン》《緋色の習作》《空き家の冒険》

アメリカ
《独身の貴族》《緋色の習作》《恐怖の谷》《オレンジの種五つ》《三人のガリデブ》《ボヘミアの醜聞》《バスカヴィル家の犬》《赤毛組合》《黄色い顔》《踊る人形》《最後の挨拶》《四つのサイン》《アビイ館》《ブナ屋敷》《高名な依頼人》《株式仲買店員》《ソア橋》《赤い輪》

アラビア
※アジア大陸南西端に位置し、ペルシア湾、アラビア海、紅海に囲まれた半島

《四つのサイン》《空き家の冒険》

アルゼンチン
《ブラック・ピーター》

アンダマン諸島
《四つのサイン》

イタリア
《三破風館》《海軍条約文書事件》《引退した絵の具屋》《緋色の習作》《四つのサイン》《株式仲買店員》《三人のガリデブ》《赤い輪》《六つのナポレオン像》《空き家の冒険》《アビイ館》《ウィステリア荘》

インド
《赤毛組合》《四つのサイン》《覆面の下宿人》《ボスコム谷の惨劇》《ブルース＝パ ティントン設計書》《ボール箱》《背の曲がった男》《空き家の冒険》《オレンジの種五つ》《ギリシア通訳》《海軍条約文書事件》《第二の血痕》《まだらの紐》《緋色の習作》《恐怖の谷》

エクアドル
《踊る人形》

エジプト
《三人のガリデブ》《金縁の鼻眼鏡》《最後の挨拶》《緋色の習作》《アビイ館》

オーストラリア
《アビイ館》《レディ・フランシス・カーファクスの失踪》《ボスコム谷の惨劇》《空き家の冒険》《グロリア・スコット号》《プライオリ・スクール》《四つのサイン》

オーストリア
《這う男》《高名な依頼人》

オランダ
《マザリンの宝石》《最後の挨拶》《ノーウッドの建設業者》《ボヘミアの醜聞》《花婿失踪事件》《緋色の習作》《ボスコム谷の惨劇》

オランダ領西インド
※かつてベネズエラの北西、西インド諸島にあったオランダの自治領

《バスカヴィル家の犬》《ブルース＝パティントン設計書》

オランダ領東インド
※オランダ統治時代〔1602-1945〕のインドネシア地域の名称

《入院患者》《瀕死の探偵》《四つのサイン》《サセックスの吸血鬼》

カナダ
《ブルース＝パティントン設計書》《ブナ屋敷》《バスカヴィル家の犬》《這う男》《四つのサイン》

キューバ
《入院患者》

ギリシア
《赤毛組合》《ギリシア語通訳》

ケープ植民地
※1910年に南アフリカ連邦（現南アフリカ共和国）に統合される以前の旧英国領植民地

《美しき自転車乗り》《白面の兵士》《恐怖の谷》

コスタリカ
《ブラック・ピーター》《バスカヴィル家の犬》

コンゴ
《悪魔の足》

シエラレオネ
※現在のシエラレオネ共和国。西アフリカの西部、大西洋岸に位置する。1896年に英国の保護領となる。1961年4月に英国から独立。1971年4月に共和国となった

《グロリア・スコット号》

シャム
※現在のタイ。1939年6月まで「シャム」が国名として使われていた

《ブルース＝パティントン設計書》

シンガポール
※現在のシンガポール共和国。1824年に英国の植民地の一つになったが、1965年にマレーシアより分離、シンガポール共和国として独立した

《四つのサイン》

スイス
《最後の事件》《空き家の冒険》《三破風館》《レディ・フランシス・カーファクスの失踪》

スウェーデン
《恐怖の谷》

スーダン
※現在のスーダン共和国。北東アフリカに位置する。1899年にエジプトと英国の両国による共同統治下（英埃領スーダン）となった。1956年1月1日に独立

《空き家の冒険》

スペイン
《バスカヴィル家の犬》《レディ・フランシス・カーファクスの失踪》《緋色の習作》
《ウィステリア荘》《第二の血痕》

セイロン
※現在のスリランカ民主社会主義共和国。1815年にキャンディ王朝が滅亡し全島が英国植民地になる。1948年に英連邦内の自治領として独立した

《四つのサイン》《ボヘミアの醜聞》

セルビア
《第二の血痕》

中国
《青いガーネット》《赤毛組合》《高名の依頼人》

デンマーク
《緋色の習作》

ドイツ
《赤毛組合》《ボヘミアの醜聞》《最後の事件》《海軍条約文書事件》《這う男》《空き家の冒険》
《緋色の習作》《最後の挨拶》《独身の貴族》

トランスヴァール共和国
※現在の南アフリカにて1852年にボーア人が建国。1902年まで存在した共和国
《白面の兵士》《レディ・フランシス・カーファクスの失踪》《美しき自転車乗り》

トルコ
《悪魔の足》《金縁の鼻眼鏡》《レディ・フランシス・カーファクスの失踪》《高名な依頼人》
《まだらの紐》

日本
《高名な依頼人》《三人のガリデブ》《グロリア・スコット号》《ギリシア通訳》《空き家の冒険》

ニュージーランド
《花婿失踪事件》《グロリア・スコット号》《株式仲買店員》

ノルウェー
《ブラック・ピーター》

バチカン
※「教皇聖座（Holy See）」と「バチカン市国（Vatican City State）」の総称
《バスカヴィル家の犬》

ハンガリー
《最後の挨拶》《四つのサイン》《サセックスの吸血鬼》《悪魔の足》《ギリシア語通訳》

ブラジル
《ソア橋》《ブラック・ピーター》《四つのサイン》《三破風館》

フランス
《第二の血痕》《空き家の冒険》《最後の事件》《ブルース＝パティントン設計書》《独身の貴族》《株式仲買店員》《緋色の習作》《ウィステリア荘》《空き家の冒険》《バスカヴィル家の犬》《花婿失踪事件》《最後の挨拶》《マザリンの宝石》《ノーウッドの建設業者》《恐怖の谷》《プライオリ・スクール》《金縁の鼻眼鏡》《ライゲイトの大地主》《レディ・フランシス・カーファクスの失踪》《高名な依頼人》《三破風館》

ベネズエラ
《株式仲買店員》

ペルー
《サセックスの吸血鬼》

ベルギー

《アビイ館》《最後の事件》《株式仲買店員》《最後の挨拶》《緋色の習作》

ペルシア

※現在のイランを表すヨーロッパ側の古名

《空き家の冒険》《花婿失踪事件》《マスグレイヴ家の儀式書》《海軍条約文書事件》

ボヘミア

※チェコ共和国西部を示す歴史的名称の英語読み

《ボヘミアの醜聞》《這う男》《高名な依頼人》

ポルトガル

《入院患者》《三破風館》

ルクセンブルク大公国

※フランス、ベルギー、ドイツに隣接する国。963年にルクセンブルク領が誕生。1354年にルクセンブルク公国に昇格。1867年に永世中立国になったが、1948年に中立政策を放棄。オランダ、ベルギーとともにベルネクス関税同盟を発足させた

《最後の事件》

ロシア

《恐喝王ミルヴァートン》《ボヘミアの醜聞》《四つのサイン》《緋色の習作》《バスカヴィル家の犬》《金縁の鼻眼鏡》《恐怖の谷》

※「シャーロック・ホームズ　言葉のデータ集」（日本シャーロック・ホームズ・クラブ、JSHC「言葉拾い」プロジェクト・チーム編）を参考資料として作成しました

ホームズ関連年譜

シャーロッキアンにとって、ホームズは実在の人物!?
ならば「年譜」作成も可能なはずと(無謀にも)やってみた本邦初の試み

本年譜に掲げた項目は、主に①ホームズ②ワトスン③コナン・ドイル④その他「ホームズ物語」に登場する主要人物の個人的な出来事⑤「ホームズ物語」を構成する60事件（《 》で表示）の発生年月日⑥語られざる事件（「 」で表示：事件名や事件概要の記述はあるが内容については不明なもの）の発生年⑦シャーロッキアン団体に関する出来事⑧筆者が関わった日本における主なイベント（「シャーロック・ホームズ展」など）⑨「ホームズ物語」と関りがある歴史的な出来事の9項目です。
60事件の発生年はベアリング＝グールド（*）説に従いました。③⑦⑧⑨は実年ですが、①②④⑤については田中独自の考えに基づく推定年です（ただし根拠を示せるものではありません）。年譜の範囲はハドスン夫人誕生年（推定）から単行本『シャーロック・ホームズの冒険』登場130周年に当たる2022年までを挙げました。当然、事件発生年はじめ各年号については諸説あり、読者の皆さん独自の考えもあるので意見が分かれるところではあります。
＊ウィリアム・ステュアート・ベアリング＝グールドは米国の著名なシャーロッキアン

1828年	8月1日	ホームズとワトスン医師が共同生活を送るベイカー街221Bのフラット（マンション）の大家、ハドスン夫人誕生
1837年	6月20日	ヴィクトリア女王の時代（正式にはハノーヴァー朝ヴィクトリア時代）が始まる
1847年	11月22日	シャーロックの7歳年上の兄、マイクロフト・ホームズ誕生
1852年	12月19日	シャーロック・ホームズの相棒で医師、ジョン・H・ワトスン誕生
1854年	1月6日	シャーロック・ホームズ誕生
1858年	3月7日	ホームズを出し抜き、彼がただ一人「あの女性（ひと）」と呼ぶコントラルト歌手、アイリーン・アドラーが米国ニュージャージー州で誕生
1859年	5月22日	アーサー・コナン・ドイル、スコットランドのエジンバラで誕生

コナン・ドイル〔1901年、42歳〕

「パブ・シャーロック・ホームズ」の手作りミニチュア

1872年 9月	ワトスンがロンドン大学医学部入学
10月	ホームズがセント・アンドルーズ大学に入学（他大学の説も あり）
1874年 7〜9月	大学在学中《グロリア・スコット号》事件を解決（ホームズ が探偵になる契機になった事件）
1877年	ロンドンに上京したホームズは大英博物館そばのモンタギュー街に一室を借り、独自に探偵業開業準備と研究を重ねる。同時に兄マイクロフトの人脈を通じてスコットランド・ヤード（ロンドン警視庁）の警部らの知遇を得る。その後、当初は警察官や私立探偵を顧客としたコンサルティング・デテクティブ（諮問探偵）業を開業したが、やがて依頼人は一般人にも広がる。この年、「アレック・マクドナルド警部の手助け」「偽造者ヴィクター・リンチの事件」を手掛ける
1878年 6月	ワトスンはロンドン大学医学研修コースを終え、陸軍軍医過程を履修するためネットリー陸軍病院へ進む
11月	ワトスンは第5ノーサンバーランド・フュージリア連隊に所属 第2次アフガン戦争が勃発 この年、ホームズは「アメリカ毒トカゲ事件」「ヴァンダーヴィルトと金庫破り」「ダーリントンのすり替えスキャンダル」「モーティマー・メーバリーの一件」を手掛ける

1879年	10月2日	《マスグレイヴ家の儀式書》事件 この年、ホームズは「アルミニウムの松葉杖事件」「エビ足リコレッティと嫌な女房の事件」「サーカスの美女ヴィットーリアの事件」「タールトン殺害事件」「ハマースミスの怪人ヴィガーの事件」を扱う
1880年	7月27日	アフガニスタンのカンダハル郊外、マイワンドの戦いでワトスンは重傷を負い、従卒マレーの勇敢な行動に助けられる この年、ホームズは「アーンズワース城事件」「マチルダ・ブリッグズ事件」「ロシアの老婦人の冒険」「ワイン商ヴァンベリーの事件」を手掛ける
1881年	1月	傷病兵として本国（ロンドン）に帰国したワトスンは経費節減のためホテルを出て下宿を探す。その時、クライテリオン酒場でかつての手術助手スタンフォード青年に会い、彼からホームズを紹介される。翌日、ホームズとワトスンはハドスン夫人所有のベイカー街221Bを下見し、共同生活 を始めることになる
	3月4日-7日	《緋色の習作》でホームズとワトスンが初めて共同で事件を手掛ける この年、ホームズは「鉄道の赤帽からの依頼」「にせ金造り事件」「白髪の老紳士の件」「ファリントッシュ夫人のオパールのティアラに関する事件」「むさ苦しい初老の女性の依頼」「ユダヤ行商人らしい男の依頼」「流行の服を着た若い娘の依頼」を手掛ける コナン・ドイルがエジンバラ大学医学部を卒業して医学士となる
1882年	6月	コナン・ドイルがポーツマス市サウスシー地区で個人医院を開業する
1883年	4月6日	《まだらの紐》事件
1884年		この年、ホームズは「ヴィクター・サヴィッジ殺害」「マーゲイトの女性の事件」「メッセンジャー会社支配人ウィルスンの命を救う」の各事件を手掛ける
1885年	7月 8月	コナン・ドイルが医学博士の学位を取得 コナン・ドイル（26歳）がルイーズ・ホーキンズ（28歳）と結婚 この年、ホームズは「タンカーヴィル・クラブ・スキャンダル」「トスカ枢機卿の急死をめぐる捜査」「ビショップスゲート宝石事件」を手掛ける
1886年	10月6-7日 10月8日 10月12-15日	《入院患者》事件 《独身の貴族》事件 《第二の血痕》事件 この年、ホームズは「エサリッジ失踪事件」「グロヴナー広

場の家具運搬車事件」「スカンジナヴィア王にまつわる事件」
「ロード・バックウォーターの事件」を手掛ける

1887年	4月14-26日	《ライゲイトの大地主》事件
	5月20-22日	《ボヘミアの醜聞》事件
	6月18-19日	《唇のねじれた男》事件
	9月29-30日	《オレンジの種五つ》事件
	10月18-19日	《花婿失踪事件》
	29-30日	《赤毛組合》事件
	11月	「ビートンのクリスマス・アニュアル」に《緋色の習作》が発表される
	11月19日	《瀕死の探偵》事件
	12月27日	《青いガーネット》事件

この年、ホームズは「アマチュア乞食組合」「ウッファ島のグライス・パタースン一家の奇妙な冒険」「オランダ王室のため非常に慎重かつ成功裏に果たした使命」「オランダ・スマトラ会社の事件」「キャンバーウェル毒殺事件」「セシル・フォレスター夫人のちょっとした家庭のもめごと」「ソフィ・アンダースン号の失踪に関する事件」「ダンダス夫妻の別居事件」「トリンコマリーのアトキンスン兄弟の異常な惨事の解明」「トレポフ殺害事件」「バート・スティーヴンスという恐るべき殺人犯」「パラドール部屋の冒険」「マルセイユからの依頼」「モーペルテュイ男爵の大陰謀事件」を手掛ける

1888年	1月7日-8日	《恐怖の谷》事件
	9月12日	《ギリシア語通訳》事件
	9月18-21日	《四つのサイン》事件
	9月25日-10月20日	《バスカヴィル家の犬》事件

この年、実際に起きた事件として"切り裂きジャック事件"が発生。ホームズは「アプウッド大佐の犯罪」「英国で最も尊敬されている家名の一つが恐喝者にけがされようとしている事件」「ヴァチカンのカメオ事件」「フランソア・ル・ヴィラールからの相談」「マダム・モンパンシェの殺人容疑」「領主館事件」を手掛ける

1889年	4月5-20日	《ブナ屋敷》事件
	6月8-9日	《ボスコム谷の惨劇》事件
	6月15日	《株式仲買店員》事件
	7月30日-8月1日	《海軍条約文書事件》
	8月31日-9月2日	《ボール箱》事件
	9月7-8日	《技師の親指》事件
	9月11-12日	《背の曲がった男》事件

この年、ホームズは「ウォーバートン大佐の狂気の事件」「グラーフェンシュタイン伯爵殺害未遂事件」「疲れた船長の事件」「にせ金づくりのアーチー・スタンフォード」「にせ洗濯屋事件」「非常にありふれたつまらない殺人事件」を手掛ける

1890年	2月	「リピンコッツ」に《四つのサイン》が発表される
	3月24-29日	《ウィステリア荘》事件
	9月25-30日	《シルバー・ブレイズ》事件
	12月19-20日	《緑柱石の宝冠》事件
		この年、ホームズは「カラザース大佐の事件」「毒殺魔モルガン」「マシューズの件」「メリデューの件」を手掛ける
		冬から1891年早春にかけて「フランス政府の依頼による最高に重要な問題」を手掛ける
1891年	1月	ホームズ・シリーズを連載することになる「ストランド・マガジン」(ジョージ・ニューンズ社)が発刊される
1891年	4月24日-5月4日	《最後の事件》
		ホームズはスイスのライヘンバッハ滝で宿敵モリアーティ教授と死闘を演じ、二人とも滝つぼに落ちて死んだと思われる
1891年 〜 1892年		ホームズはチベットを旅行しシゲルスンというノルウェー人の筆名で探検記を発表。メッカ(サウジアラビア)、ハルツーム(現スーダン)を訪れる
1892年	10月	単行本『シャーロック・ホームズの冒険』初版発行
1893年		ホームズは南フランス、モンペリエの研究所でコールタール誘導体の研究に従事する
		この年、ロンドンの中心地ピカデリー・サーカスにエロス(アンテロス)像と噴水が完成
1894年	初春	ホームズ、英国ロンドンに帰還
	4月5日	《空き家の冒険》事件
	11月14日-15日	《金縁の鼻眼鏡》事件
		単行本『シャーロック・ホームズの思い出』初版発行
		この年、ホームズは「アドルトンの惨事」「いまわしい赤ヒルと銀行家クロスビーの恐ろしい死にまつわる事件」「古代英国の塚の奇妙な埋蔵品事件」「オランダ汽船フリースランド号の恐ろしい事件」「スミス=モーティマーの相続事件」「政治家及び燈台、それに調教された鵜に関する経緯」「プールヴァールの暗殺者ユレの事件」を手掛ける
		この年、ロンドンのテムズ川に架かる跳開橋タワー・ブリッジが完成
1895年	4月5-6日	《三人の学生》事件
	4月13-20日	《美しき自転車乗り》事件
	7月3-5日	《ブラック・ピーター》事件
	8月20-21日	《ノーウッドの建設業者》事件
	11月21-23日	《ブルース=パティントン設計書》事件
		この年、ホームズは「悪名高いカナリヤ調教師ウィルスンの事件」「イサドラ・ペルサノ事件」「カッター型帆船『アリシア号』の事件」「ジェームズ・フィリモア氏の事件」「トスカ

枢機卿の急死をめぐる捜査」「ムーア・エイガー医師の劇的な事件」「有名な煙草の大富豪ジョン・ヴィンセント・ハーデンが受けていた奇妙な迫害に関する非常に難解かつ複雑な問題」を手掛ける

1896年	10月	《覆面の下宿人》事件
	11月19-21日	《サセックスの吸血鬼》事件
	12月8日-10日	《スリー・クォーターの失踪》事件
1897年	1月23日	《アビイ館》事件
	3月16日-20日	《悪魔の足》事件
		この年、英国史上初めてとなる「ダイヤモンド・ジュビリー（ヴィクトリア女王の在位60周年記念式典）」がロンドンで盛大に行なわれる
1898年	7月27日-8月13日	《踊る人形》事件
	28日-30日	《引退した絵の具屋》事件
		この年、ホームズは「二人のコプト人長老事件」「ボルジア家の黒真珠紛失事件」を手掛ける
1899年	1月5日-14日	《恐喝王ミルヴァートン》事件
		この年、ホームズは「アバネーティ家の恐ろしい事件」「コンク・シングルトン偽造事件」「サー・ジェイムズ・ソーンダーズの件」を手掛ける
1900年	6月8日-10日	《六つのナポレオン像》事件
	10月4日-5日	《ソア橋》事件
1901年	1月22日	ヴィクトリア女王がワイト島のオズボーン・ハウスで崩御（享年81）。ハノーヴァー朝ヴィクトリア時代が終わる
	5月16日-18日	《プライオリ・スクール》事件
		この年、ホームズは「アバガウェニー殺人事件」「ダウスン老男爵の事件」「トルコ皇帝からの依頼による事件」「フェアデール・ホッブズの事件」「フェラーズ文書事件」を手掛ける
1902年	5月6日-7日	《ショスコム荘》事件
	6月26日-27日	《三人のガリデブ》事件
	7月1日-18日	《レディ・フランシス・カーファクスの失踪》事件
	9月9月3日-16日	《高名な依頼人》事件
	9月24日-25日	《赤い輪》事件
		単行本『バスカヴィル家の犬』初版発行
		この年、ホームズは「アブラハム老人の生命の危機」「セント・パンクラス事件」「ニセ金造りを突き止めた件」を手掛ける
1903年	1月7日-12日	《白面の兵士》事件
	5月26日-27日	《三破風館》事件
	夏	《マザリンの宝石》事件

	9月6日-22日	《這う男》事件
	11月	シャーロック・ホームズは探偵業を引退し、サセックス州イーストボーンに転居。養蜂を始める
1905年		単行本『シャーロック・ホームズの帰還』初版発刊
1906年	7月4日	コナン・ドイルの妻ルイーズが亡くなる（享年49）
1907年	9月18日	コナン・ドイルがジーン・レッキーと再婚。クロウバラに転居
1909年	7月27日-8月3日	《ライオンのたてがみ》事件
1912年 〜 1914年		ホームズはマイクロフトを通じて英国政府からの依頼で対ドイツ諜報活動に従事する。アイルランド系米国人アルタモントという偽名でフォン・ボルクのドイツスパイ組織に潜入し捜査を行なう
1914年	8月2日	《最後の挨拶》事件
1915年		単行本『恐怖の谷』初版本発刊
1917年		単行本『最後の挨拶』初版本発刊
1927年		単行本『シャーロック・ホームズの事件簿』初版発刊
1930年	7月7日	アーサー・コナン・ドイル、クロウバラの自宅で死去（享年71）
1934年	6月5日	世界初のホームズ研究団体「ベイカー・ストリート・イレギュラーズ」（BSI）が、米国の文芸批評家で偉大なシャーロッキアン、クリストファー・モーレーの呼びかけにより米国ニューヨークで創設される
1946年		BSIの会報「ザ・ベイカー・ストリート・ジャーナル」創刊
1948年	10月11日	日本初のホームズ愛好者団体（自称ベイカー・ストリート・イレギュラーズ東京支部〔バリツ支部〕）の会合が東京で開かれる。当日の参加者はウォーター・シモンズ（シカゴ・トリビューン極東支局長）、リチャード・ヒューズ（英濠プレス）、ジョージ・ブルーエット（東京裁判・東條英機弁護人）、江戸川乱歩、吉田健一（当日は祖父・牧野伸顕の「バリツ」に関する研究を代読）
1950年		「ストランド・マガジン」廃刊
	12月5日	「デンマーク・シャーロック・ホームズ会」がコペンハーゲンで創設される
1951年	4月18日	「ロンドン・シャーロック・ホームズ会」（SHSL）がロンドンで創設される
	5月21日-9月22日	英国祭の一環としてロンドンで「シャーロック・ホームズ展」が開催される。ベイカー街のアビ・ハウス内に「ホームズの部屋」を再現し大好評を博す（見物料1シリング、観客総数54,000人）

再現されたホームズの部屋（写真提供：英国アンティーク博物館）

1952年　5月	SHSLの会報「ザ・シャーロック・ホームズ・ジャーナル」創刊
1962年	世界最高の権威と歴史を誇る米国のホームズ研究団体ベイカー・ストリート・イレギュラーズ（BSI）会員に長沼弘毅が日本人初の会員として認定される（授与された、BSI内における長沼の称号〔INVESTITURE〕は、The Curious Incident of Sherlock Holmes in Japan）
1972年　2月4日	カナダのシャーロッキアン団体「ザ・ブートメイカーズ・オブ・トロント」がトロントで創設される
1977年　10月1日	日本シャーロック・ホームズ・クラブ（主宰者・小林司・東山あかね）が東京で創設される。小林司は日本人3人目として1989年、東山あかねは2012年に、それぞれベイカー・ストリート・イレギュラーズ会員に認定された（授与されたBSI内の称号 "INVESTITURE" は両者とも Baritsu）。Baritsuは《最後の事件》に登場。ホームズが宿敵モリアーティ教授とスイスのライヘンバッハ滝で死闘を演じた時、彼は後にワトスンに「日本のBaritsuを使ってモリアーティ教授を滝つぼに落とした」と説明した。日本の柔術といわれる。
1978年　1月17日	「オーストラリア・シャーロック・ホームズ会」がアデレイドで創設される

1987年　ベイカー・ストリート・イレギュラーズ晩餐会
（1987.1.9）

シャーロック・ホームズ像（軽井沢）

1985年		英国グラナダ・テレビが1984年に制作したシャーロック・ホームズシリーズをNHKテレビが総合で放送開始。1985年度は13話を、1987年度は8話を放送。88年度以降は特集番組として随時放送。シャーロック・ホームズ役：ジェレミー・ブレット、ジョン・H・ワトスン役：デビッド・バーグ〔第1話—13話〕／エドワード・ハードウィック〔第14話—41話〕
	7月21日-31日	東京神田、三省堂書店本店で日本初のシャーロック・ホームズ展「マイ・ディア・シャーロック・ホームズ展」が開催される（観客数約1万1千人）
1986年	7月31日-8月12日	東京池袋、東部デパートで「ミステリ・魅ステリアス展」が開催され、シャーロック・ホームズ・コーナーが設けられる（入場者数約2万5千人）
1987年	1月10日	ニューヨークのベイカー・ストリート・イレギュラーズ晩餐会の席で田中喜芳が長沼弘毅に次ぎ日本人2人目のベイカー・ストリート・イレギュラーズ（BSI）会員に認定される。授与されたBSI内の称号（INVESTITURE）は、The Japanese Cabinet（《グロリア・スコット号》事件に登場する「日本の筆笥」）
	9月14日-19日	東京日本橋、丸善日本橋店で「シャーロック・ホームズ登場100周年展」が開催される（観客数約1万人）
	11月6日-18日	埼玉県大宮市、西武百貨店大宮店で「シャーロック・ホームズの世界展」が開催される
1988年	10月9日	長野県軽井沢町、信濃追分に世界初のシャーロック・ホームズ立像が建立され、除幕式が行なわれる

ベイカー・ストリート・
イレギュラーズ認定証

オリジナル・ホームズ・エンブレム

1994年	9月29日-10月4日	東京、松坂屋銀座店で「シャーロック・ホームズの世界展」が開催される
	10月6日-11日	大阪、松坂屋大阪店で「シャーロック・ホームズの世界展」が開催される
	10月13日-18日	愛知、松坂屋名古屋店で「シャーロック・ホームズの世界展」が開催される
2003年	7月	早稲田大学オープンカレッジで「シャーロック・ホームズ講座」が初めて開講される（講師：田中喜芳）
2004年	10月23日-30日	横浜市西区、横浜市中央図書館で「シャーロック・ホームズの世界展」が開催される
2005年	10月	関東学院大学公開講座で「シャーロック・ホームズ講座」が初めて開講される（講師：田中喜芳）
2012年	10月2日-11月16日	横浜市中区、関東学院大学KGU関内メディアセンターで「シャーロック・ホーズは生きている展」が開催される
2019年	10月1日-12月21日	横浜市中区、関東学院大学KGU関内メディアセンターで「シャーロック・ホームズ　トリビアの舞踏会展」が開催される
2022年	4月20日-6月20日	横浜市中区、関東学院大学KGU関内メディアセンターで「ホームズ 最後の挨拶展」が開催される
	9月23日	神奈川県鎌倉市に隈研吾デザインによる「英国アンティーク博物館（BAM鎌倉）」（館長・土橋正臣）が開館。3階にはヴィクトリア時代のアンティークを用いて"シャーロック・ホームズの部屋"が再現される

主要参考文献

本書を執筆するにあたり主に以下の文献を参考にさせていただきました。なかでも『世界地名大事典（1〜9）』『ロンドン地名由来事典』『ロンドン事典』『写真集 よみがえるロンドン』『シャーロック・ホームズ百科事典』「ウィキペディア」は一部説明文を引用させていただきました。ここに深く感謝し、お礼を申し上げます。その他、参考にさせていただいた多くの文献著者の皆さまにも、この場をお借りして謝意を表させていただきます。まことにありがとうございました。

『世界地名大事典 1　アジア・オセアニア・極 I 』朝倉書店　2017
『世界地名大事典 2　アジア・オセアニア・極 II 』朝倉書店　2017
『世界地名大事典 3　中東・アフリカ』朝倉書店
『世界地名大事典 4　ヨーロッパ・ロシア I 』朝倉書店2016
『世界地名大事典 5　ヨーロッパ・ロシア II 』朝倉書店2016
『世界地名大事典 6　ヨーロッパ・ロシア III 』朝倉書店2016
『世界地名大事典 7　北アメリカ I 』朝倉書店2013
『世界地名大事典 8　北アメリカ II 』朝倉書店2013
『世界地名大事典 9　中南アメリカ』朝倉書店
福永正明『インド旅案内』筑摩書房、1997
石川達夫『黄金の劇場都市　プラハ歴史散策』講談社、2004
沼野充義監修『中欧　ポーランド・チェコスロヴァキア・ハンガリー』新潮社、1996
出口保夫『新英国読本』（"大英博物館はどうしてつくられたか"参照）ジャパン・パブリッシャーズ、1977
藤野幸男『大英博物館』岩波書店、1975
渡辺和幸『ロンドン地名由来事典』鷹書房弓プレス、1998
ジョン・ルカーチ著、早稲田みか訳『ブダペストの世紀末』白水社、1991
ロジャー・ディクソン/ステファン・マテシアス著、粟野修司訳『ヴィクトリア朝の建築』英宝社、2007
相原幸一『テムズ河　その歴史と文化』研究社、1989
井村君江『コーンウォール　妖精とアーサー王伝説の国』東京書籍、1997
海野弘『世紀末の街角』中央公論社、1981
MEN'S WEAR事典別冊付録『メンズ・ファッション用語辞典』スタイル社、1985年。
ジョン・ルカーチ著、早稲田みか訳『ブダペストの世紀末　都市と文化の歴史的肖像』白水社、1991年
中川浩一「絵はがきの歴史」（「翼の王国」p.52-55）、全日空「翼の王国」編集部、1992年
出口保夫編『世紀末のイギリス』研究社出版、1996年
マール社編集部『100年前のロンドン』マール社、1996年
井村君江『コーンウォール　妖精とアーサー王伝説の国』東京書籍、1997年
チャールズ・ヴァイニー著、田中喜芳訳『シャーロック・ホームズの見たロンドン』河出書房新社、1997年
マシュー・バンソン編著、日暮雅通監訳『シャーロック・ホームズ百科事典』原書房、1997年
小林司、東山あかね編『シャーロック・ホームズ大事典』東京堂出版、2001年
蛭川久康、櫻庭信之、定松正、松村昌家、Paul Snowden編著『ロンドン事典』大修館書店、2002年
ジャック・トレイシー著、日暮雅通訳『シャーロック・ホームズ大百科事典』河出書房新社、2002年

ジョージ・H・バーチ著、出口保夫訳『写真集　よみがえるロンドン』柏書房、2005年
アレックス・ワーナー、トニー・ウィリアムズ著、松尾恭子訳『写真で見るヴィクトリア朝ロンドンの都市と生活』原書房、2013
新井潤美『魅惑のヴィクトリア朝 アリスとホームズの英国』NHK出版、2016年
齋藤多喜夫「絵葉書入門」(「横浜」Vol.64　p.40-45)、神奈川新聞社、2019年
田中喜芳『シャーロック・ホームズ トリビアの舞踏会』シンコーミュージック・エンタテイメント、2019年

Book of British Villages, London, 1980.
Book of British Towns, London, 1982.
Ben Weinreb, Christopher Hibbert , 〔ed.〕,The LONDON Encyclopadia, London,1983.
Illustrated Guide to Country Towns and Villages of Britain, London, 1985.
Sally Mitchell , 〔ed.〕, VICTORIAN BRITAIN AN ENCYCLOPEDIA, New York & London, 1988.
Peter Stanier ,DEVON, Buckinghamshire ,1989.
Priscilla Boniface, Peter Fowler, NORTHUMBERLAND and Newcastle upon Tyne, Buckinghamshire ,1989.
MICHELIN Great Britain, Middlesex,1991.
Andrew Stevens , A Glimpse of DARTMOOR PLACE NAMES, Devon,1992.
CITY of WINCHESTER, Hampshire,1992.
Peter Speed ,BERKSHIRE, Buckinghamshire,1992.
Douglas Williams , About PENZANCE, Cornwall,1993.
Do you know Cornwall?, Cornwall,1993.
The Forestry Commission and New Forest District Council ,THE NEW FOREST OFFICIAL GUIDE, Hampshire,1993.
Andrew Griffin ,The Royal Hospital of Saint Bartholomew A Short History, London,1995.
David J. Allen ,SUSSEX, Buckinghamshire ,1995.
Paur Wreyford ,EXPLORE THE COAST OF DEVON, Cheshire, 1995.
John Drewett,SURREY, Buckinghamshire,1996.
John E. Vigar ,KENT, Buckinghamshire,1997.
Stan Jarvis ,ESSEX, Buckinghamshire ,1997.
Tom Bowden ,The Cornish Coast IN OLD PHOTOGRAPHS, Kent,1998.
※「再現されたホームズの部屋」(写真提供：英国アンティーク博物館：BAM鎌倉)

あとがき

　1989年のこと、当時のJICC出版局、現在の宝島社からお声がけいただき、私は、Charles
Viney : SHERLOCK HOLMES IN LONDON, A photographic record of Conan Doyle's
stories,1989という本を訳すことになった。翌1990年、この本は『シャーロック・ホー
ムズの見たロンドン　写真に記録された名探偵の世界』の邦題で単行本化され、1997年
には河出書房新社から文庫版が出版された。内容はヴィクトリア時代に撮られたロンド
ンの膨大な写真をもとに「ホームズ物語」に登場する場所の写真（セピア色）を、本文
の記述箇所と合わせて掲載するという趣向のものだった。

　収録写真は200枚余におよび、当時としてはまさに画期的なこの本は、文章からだけ
ではなくホームズが見たであろう当時の風景や暮らしの一場面が写真から直に味わえる
ということで大好評を博した。また、単行本のほうは表紙の写真が英国の人気ホームズ
俳優、ジェレミー・ブレットというのも目をひいた。個人的感想ながら、数多いホーム
ズ俳優の中でもブレットを超える俳優はいまだにいないと思っている。それはさておき、
その結果、単行本はシャーロッキアン（シャーロック・ホームズの熱烈ファン、研究者）
以外にも多くの支持を得て、この種の本としては異例の増刷を重ねた。

　当時、私の手元にも読者の皆様から多くの感想が届いた。その中でも特に多かったの
は、『『ホームズ物語』に登場するロンドン以外の場所も、外国も含めてもっと広い範囲の
写真が見たい」というものであった。この要望に応えられる本が出版されたらぜひ翻訳
したいと思っていたが、残念ながら、私が知る限り、その後そのような本が海外で出版
されることはなかった。そこで、それまでコツコツと集めていた古い絵葉書に加え、こ
の30年ほどの間に入手できた各種の絵葉書の中から選んで編集したのが本書である。
「ホームズ物語」からは離れるが、ここで絵葉書の歴史を簡単に振り返っておきたい。そ
もそも絵葉書は1870（明治3）年、プロイセン（現在のドイツ）の印刷業者のアイデア
から生まれたといわれる。当時、出征した兵士への慰問通信用に、官製葉書の宛名表記
欄の片隅に大砲と兵士のイラストを入れたものを印刷したところ、これが大好評を博し
た。それ以前に、郵便事業において全国均一料金、手数料を収めた証として「切手」を
貼る方式を確立したのは19世紀半ばの英国だったが、当時、郵便は封書のみだった。1
枚の定型カードの片面に受取人と発送人の住所・氏名を、また裏面に通信文を書く形式
の簡易郵便、いわゆる「郵便葉書（はがき）」を最初に採用したのはオーストリア・ハン
ガリー帝国で1869（明治2）年のことだった。その後、官製葉書に絵を加えることで始
まった「絵葉書」の歴史は、私製葉書に写真を刷り込む手法が始まった1890年代以降に

飛躍的に普及した。まさに、ホームズが活躍した時代と重なる。

　ちなみに日本における郵便制度は1871（明治4）年3月から始まったが、これも当初は封書のみで、日本で郵便葉書の発売が始まったのは2年後の1873年（明治6年）12月のことだ。封書を第一種郵便物、葉書を第二種郵便物と呼び、均一料金といっても最初は市内半銭（5厘）、市外1銭の2種類があった。一律1銭の均一料金となったのは1883（明治16）年からだった。また、日本で絵葉書使用の起源については、何をもって絵葉書というのか定義が難しいところではあるが、日欧文化交渉史研究家の斎藤多喜夫氏によれば、丸善商社が1882（明治15）年頃から、外国の顧客向けに官製外国郵便葉書の裏面にイラストを添えて送った年賀状が暫定元祖だという。

　通説では1900（明治33）年9月1日の郵便規則（逓信省令第42号）により、私製葉書の製作と使用が認められたことから絵葉書が誕生したとされている。つまり、このことは、それまで"葉書のようなもの"であった私製葉書の"ようなもの"がとれて、正式に第二種郵便物として認められたことを意味する。なお、日本における絵葉書の第1号は、万国郵便連合加盟25年記念の「官製絵葉書」が1902（明治35）年に発売された時点に求められるとする説もある。

　話をホームズに戻そう。「まえがき」にも書いたが、全60編のシリーズに登場する地名は約500ある。それからみれば本書に採録できた場所はほんの一部にしか過ぎないし、絵葉書がなくカバーできていない作品も幾つかある（残りの場所の絵葉書紹介は今後の課題にしたいと考えている）。それはともかく、販売を目的とした風景写真がメインである絵葉書には生活の場面を写したものはほとんどない。その点では、どこまで「ホームズ物語」の雰囲気を感じていただけるかは疑問だが、「ホームズ物語」に登場する場所がどんな様子なのか、その雰囲気は感じとっていただけると思う。読者の皆さんが本書を通じて少しでもホームズの世界を愉しんでいただけたならば、苦労してまとめた甲斐があったと思っている。

　最後に、本書の出版にご尽力いただいた言視舎代表取締役の杉山尚次氏、私が畏敬する編集者の富永虔一郎氏、またブックデザイナー水谷イタル氏に、心から感謝を申し上げます。

2022年　晩秋の横浜にて
田中喜芳

田中喜芳　Tanaka Kiyoshi, BSI

シャーロック・ホームズ／コナン・ドイル／ヴィクトリア時代研究家。人間行動学博士 (Ph.D)。日本推理作家協会会員。鎌倉ペンクラブ会員。1987年、世界で最も権威あるホームズ研究団体ベイカー・ストリート・イレギュラーズ（米国・BSI）に、故・長沼弘毅博士に次ぎ二人目の日本人会員として入会を認められる。現在、日本シャーロック・ホームズ・クラブ(JSHC)、ロンドン・シャーロック・ホームズ会など各国34の研究団体に会員・名誉会員として在籍。ホームズ・グッズ・コレクターでもある。著書に『シャーロック・ホームズ トリビアの舞踏会』（シンコーミュージック・エンタテイメント）、『シャーロック・ホームズは生きている』（NOVA出版）など、翻訳書に『シャーロック・ホームズの見たロンドン』（河出書房新社）、『スターク・マンローからの手紙』（言視舎）など多数。イラスト・版画も高い評価を得ている。1952年生まれ。横浜市在住。

編集……………富永虔一郎　　編集協力……田中はるか
装丁・組版……水谷イタル

シャーロック・ホームズが見た世界
── 古絵葉書で甦るその時代

発行日　　2022年11月30日　　初版第1刷

著者	田中喜芳
発行者	杉山尚次
発行所	株式会社 言視舎
	東京都千代田区富士見 2-2-2　〒102-0071
	電話 03-3234-5997　FAX 03-3234-5957
	https://www.s-pn.jp
印刷・製本	中央精版印刷（株）